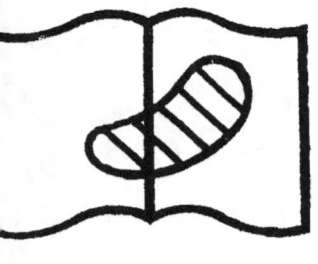

Début d'une série de documents
en couleur

LABLE POUR TOUT OU PARTIE DU
CUMENT REPRODUIT

COUVERTURES SUPERIEURE ET INFERIEURE D'IMPRIMEUR

Fin d'une série de documents
en couleur

LES NUITS DE DELHI

1re SÉRIE IN-12,

Le personnage se rend à l'audience.   (P. 22.)

LES

NUITS DE DELHI

RÉVOLTE DES CIPAYES

PAR W. DARVILLE.

LIMOGES

EUGÈNE ARDANT ET Cie, ÉDITEURS.

NUITS DE DELHI

Quand la nature a répandu sur un pays toutes ses richesses; quand elle lui a donné des fleuves immenses qui engraissent le sol de leur limon; quand elle a renfermé dans son sein de l'or, des diamants et des minerais précieux ; quand son sol est couvert d'arbres qui fournissent une alimentation aussi précieuse que nourrissante, les populations doivent-elles la bénir? non; c'est un objet de convoitise à tous les ambitieux conquérants; c'est une cause de mollesse et d'annihilation des caractères.

En remontant aussi haut que les traditions le permettent, l'Inde offre un champ de bataille où l'avidité des conquérants trouva libre carrière.

Avant l'invasion d'Alexandre dit le Grand, l'Inde avait été envahie par les populations sorties du centre de l'Asie. Elle parut prendre sous elles, grâce à leur assimilation, un degré étonnant de civilisation. Les monuments gisant encore sur le sol sont des témoignages irrécusables : mais bientôt des dissensions religieuses arrêtèrent le progrès civilisateur, et les hommes, parqués en castes, s'opposèrent à tout mouvement en avant. L'Inde se constitua une existence sociale à part du reste du monde, formula ses lois et sa littérature, et assit le centre d'une civilisation puissante qui a fleuri plus de quinze cents ans avant notre ère, et plusieurs siècles encore depuis. Ce fut alors que les Argans brahmaniques entrèrent en conquérants dans l'Inde; ils détruisirent, dispersèrent ou s'assujétirent les populations qui les avaient précédés : ce fut alors, s'il faut en croire les traditions, que s'élevèrent les monuments qui frappent encore d'étonnement et d'admiration les étrangers.

L'Inde parut bientôt tomber dans un état d'épuisement et de prostration. Livrée à des idées qui s'avançaient dans l'invisible et repoussaient la réalité, l'Inde retomba dans une torpeur qui interdisait tout mouvement civilisateur. Ses frontières furent ouvertes aux invasions; ses dieux étaient nombreux, mais ses populations agenouillées devant une myriade de divinités, ne trouvèrent pas un seul cri en faveur de la patrie.

Après une lutte de mille ans, entre le brahmanisme et le boudhisme, l'Inde retomba au désordre moral, à la nuit des intelligences, au cahos social résultant du mélange et des oppositions d'une civilisation raffinée jusque dans ces épuisements, quand les disciples de Mahomet se jetèrent en conquérants sur cette proie facile. Ce fut vers la fin du septième siècle que les mahométans apparurent sur les bords de l'Indus, mais ils ne franchirent ce fleuve que vers l'an mil quatre. Vingt ans plus tard, le chef turcoman Mahmoud, sultan de Gusni, était maître de Cachemyre, de Pundjab, du Sind, du Goudgérat, de Kambodje et de Mattrha. Il écrivait qu'il avait trouvé dans cette antique cité « mille palais de marbre, des temples innombrables s'élevant jusqu'au ciel, et que cent mille pièces d'or dépensées annuellement ne suffiraient pas pour édifier une ville pareille. » Le butin qu'il en rapporta fut étalé pendant trois jours sous les yeux avides de son peuple, et il présida à cette exposition, assis avec toute sa cour sur des trônes massifs d'or et d'argent.

La Compagnie anglaise a continué ce pillage de l'Inde jusqu'à nos jours, par ses impôts, par ses lois douanières, et par des monopoles commerciaux. Conservera-t-elle ces magnifiques contrées où une poignée d'Européens est parvenue à implanter de nos jours sa domination sur cent soixante millions de créatures humaines? Un point de l'histoire semble donner un démenti à la continuation de cette domination. L'Inde est toujours l'Inde. Le terrible khan de Samarcand dit ce qu'elle fut de son temps et ce qu'elle est encore aujourd'hui.

« J'appris, dit-il, que les princes de cette contrée étaient divisés de but et d'intérêts, que Mahmoud à Delhi, Mulloo à Lahore, et Samiinj à Moulland, n'étaient qu'occupés à se nuire mutuellement : alors la conquête de leurs Etats me parut facile, bien que mes soldats la regardassent comme une entreprise dangereuse. Je résolus de la tenter, et de m'emparer de l'empire de l'Inde : je l'ai fait! »

L'Inde, sous la domination anglaise, offre-t-elle les mêmes facilités à la conquête? C'est ce que nous allons examiner rapidement.

La domination anglaise ne peut pas être enracinée dans le sol : jetons un coup d'œil sur ce vaste pays que les Anglais nomment leur empire de l'Inde. Nous voyons partout le sol assujéti au gouvernement anglais, mais aussi partout les restes des familles princières des anciens possesseurs. Ces familles ont conservé une apparence de puissance et de grandeur, et cependant elles sont toutes pensionnaires de l'Angleterre; peuvent-elles avoir oublié le passé, et si elles ont courbé la tête sous la force, la corruption et des ruses infâmes, se peut-il qu'elles n'accepteraient pas un appui qui leur laisserait espérer le retour à leur puissance première? Non; plusieurs révoltes ont prouvé que le gros de la nation n'accepte point les Anglais. Notre récit (*Nuits de Delhi*) prouvera que la révolte avait pénétré dans toutes les couches de la population, qu'elle était assez formidable pour se défaire entièrement des Anglais, mais qu'il n'y eut point d'accord, et qu'un chef capable manqua au soulèvement. Certes, la discipline européenne joua un très-grand rôle dans l'étouffement de cette révolte, et ce qu'il y a de plus remarquable et de plus attristant, c'est que le seul chef qui parut sur un point dominer parmi les révoltés fut un monstre incapable de grandes idées, lâche, et ne figurant que lorsqu'il s'agissait de massacrer : ce fut Nana-Saïb, à qui les Anglais avaient fait une position supérieure à ses droits, et qui se révolta contre eux dès qu'il en trouva l'occasion favorable. La répression, pour ne pas dire la vengeance sauvage que tirèrent les Anglais des cipayes révoltés, imprima la terreur de leur nom, il est vrai, mais a laissé des souvenirs de haine et de vengeance.

Examinons maintenant ce que les forces anglaises sont dans l'Inde. Elles reposent sur les indigènes enrégimentés, et le petit nombre d'Européens qui les commandent est tombé dans la mollesse asiatique; et sous un climat si contraire à leur nature, ces officiers ne pourraient pas soutenir une longue lutte, si elle était dirigée par des hommes capables, et avec une organisation d'ensemble.

En effet, comment des hommes, dont le moindre officier européen est entouré d'une multitude de valets, qui ne peuvent même pas se déranger pour changer de chaussures, qui changent quatre ou cinq fois par jour de vêtements, qui vivent comme de petits satrapes, et qui se font accompagner dans leurs expéditions de fourgons chargés de vaisselle d'or et d'argent, des vins les plus exquis; comment ces hommes, disons-nous, pourraient-ils supporter les fatigues d'une longue et dure campagne? Mais ce n'est pas tout : leurs corps d'armée sont accompagnés de fournisseurs de toute espèce, car leurs cipayes reçoivent une paie, mais non la nourriture, comme les soldats européens. Ces *impedimenta*, semblables à ceux du roi Darius, ne peuvent pas suivre avec la rapidité qu'une guerre en règle exige, et alors ils deviennent pour les pays qu'ils traversent comme des légions de sauterelles ravageant tout, avec ordre et méthode, il est vrai, mais en un mot épuisant le pays.

Un point noir menace l'avenir de l'Inde anglaise, et ce point noir fondra tôt ou tard sur cette contrée; nous voulons parler du gigantesque empire russe. La répression des prétendus brigandages du sultan ou khan de Khiva n'est qu'un de ces prétextes dont les ambitieux couvrent leurs projets. Admettons que cent mille Russes franchissent les différents passages des montagnes qui entourent l'Inde, et viennent envahir ce pays, ce ne seront plus des cipayes révoltés, sans organisation, sans chefs, mais ce seront des troupes admirablement organisées et disciplinées, ayant des chefs capables et instruits dans tous les arts de la guerre. Artillerie nombreuse et bien servie, munitions et provisions préparées de longue main, administration des vivres confiée à des hommes rompus dans ces sortes de travaux. Le soldat russe est habitué à un rude genre de vie, il se suffit à lui-même, les officiers ne traînent pas après eux des troupes de valets, et au premier échec subi par les Anglais, tous les rajahs et amirs de l'Inde se tourneront contre eux.

En lisant l'histoire, on ne peut s'empêcher de faire la remarque que presque toutes les grandes invasions de peuples sont sorties des contrées froides de l'Europe, contrées que même du temps de Tacite on nommait *semen gentium*. L'Angleterre est trop loin de l'Inde; la mer et ses tempêtes rendent difficiles les transports nombreux de troupes, et la Russie a ses postes militaires qui avoisinent Khiva, et des troupes défilent sans cesse vers l'Asie, et peut-être qu'à l'instant où nous écrivons, la Russie dispose de cent mille hommes d'invasion, et sa diplomatie trouvera bien les moyens d'en rendre l'emploi nécessaire. L'Anglais est bon et vaillant soldat dans l'Europe et dans ses colonies; mais dans l'Inde, il s'est amolli en adoptant les coutumes orientales et conservant sa morgue, qui ne le laisse pas s'assimiler aux nations conquises.

CHAPITRE Ier.

Arrestation d'un voyageur indou. — Sa présentation au résident gouverneur. — Singulière conversation. — Délibération du conseil. — Mesure violente proposée et rejetée. — Il est décidé que le voyageur serait présenté à l'empereur de Delhi. — Détails sur cette présentation. — Incident imprévu qui la termine.

Il pouvait être le milieu du jour, lorsque, au milieu d'une population qui rentrait de tous côtés dans les habitations, afin d'éviter la chaleur, un homme d'une taille assez élevée, portant une longue barbe blanche, était conduit entre quatre soldats, au palais de la résidence. La foule s'écartait sur leur passage, et portait des regards curieux et inquiets sur cet homme et sur son escorte. La figure de celui que l'on conduisait ainsi était belle et presque hautaine. On eût dit que les soldats qui l'accompagnaient lui faisaient une escorte d'honneur. Arrivés au palais du gouverneur, les soldats de la garde l'ouvrirent, et ce fut au milieu d'une multitude de valets que l'homme arrêté fut conduit dans un appartement superbe, où le résident gouverneur, étendu sur des tapis moelleux qui recouvraient un divan, se tenait entouré d'officiers supérieurs. Les soldats restèrent à la porte, et l'homme arrêté s'avança d'un pas ferme vers le bureau autour duquel se tenaient plusieurs scribes, et après avoir fait les saluts à l'orientale, il demanda d'une voix ferme ce qu'on lui voulait, à lui, qui depuis dix années avait parcouru l'Inde sans avoir une seule fois été arrêté, pas même par les brigands qui la désolent.

A ces questions, qui ne révélaient pas un Indou assoupli par la domination anglaise, le résident gouverneur parut étonné, et contrairement à l'insolent usage des oppresseurs de l'Inde, qui ne parlent à leurs subordonnés que par la bouche de leurs intérieurs, il s'adressa à l'homme qui paraissait devant lui, et lui dit :

— Puisque vous parlez aussi facilement l'an-

glais que je viens de l'entendre, je réponds moi-
même à vos questions sans intermédiaire. Qui
êtes-vous?

L'homme à qui cette question s'adressait sourit
tristement, et peu après répondit :

— Je suis un homme de qui vous n'avez rien à
craindre : mes voyages à travers l'Inde m'ont
appris que vous la teniez entre vos serres; ce n'est
pas un individu sans pouvoirs, sans relations au-
cunes, qui peut vous inspirer des inquiétudes. Les
débris des puissances de l'Inde obéissent à vos
moindres ordres, pourquoi vous porterais-je om-
brage?

Cette fière réponse fit rougir un peu le résident
gouverneur : il examina avec plus d'attention
l'homme qu'il avait devant lui, puis lui répéta
nettement cette question :

— Qui êtes-vous?

— Mon nom importe peu, mais je veux bien
vous répondre, et il appuya sur ces mots : je suis
l'homme qui visite les débris de l'Inde antique,
qui s'arrête sur ses ruines, et qui pleure sur sa
chute.

Le gouverneur, alors, lui posa cette autre question :

— Ainsi, vous êtes bien l'homme qui, depuis
quelque temps, parcourez les ruines de l'ancienne
Delhi, et qui vous êtes introduit jusque dans le

pavillon de repos de l'empereur descendant des Mogols?

— Je suis cet homme, répondit-il tranquillement; je cherche les ruines de pierre et de marbre; est-ce, aux yeux des Anglais, un crime de rechercher les ruines humaines?

Le gouverneur ajouta :

— Que voulez-vous dire à l'empereur de Delhi?

— Ce que j'avais seulement à lui dire : que dans son abjection...

— Oh! s'écria le résident gouverneur, n'est-il pas entouré de toute la pompe qui convient à son rang?

—- Vanité, vanité, répondit l'étranger : la pompe n'est rien sans la puissance.

Il y eut un murmure désapprobateur dans l'entourage du résident anglais.

— Ainsi, vous auriez dit à l'empereur de Delhi qu'il n'avait que l'ombre de la puissance?

— Non, répondit-il, je ne voulais pas achever d'abattre ce pauvre vieillard descendu si bas : je voulais le consoler, car je sais qu'il passe des nuits sans sommeil; la lumière qui éclaire son appartement ne disparaît que lorsque la grande lumière de Dieu éclaire la terre.

— Et c'est pour cela, reprit le gouverneur, que

vous vous êtes introduit dans l'enceinte de son palais, et même dans son pavillon de repos?

— C'est pour cela même, répondit avec un calme extraordinaire l'étranger.

— Retirez-vous, dit l'Anglais presque avec douceur.

L'étranger se tourna vers lui, et lui adressa ces seules paroles :

— Libre, ou escorté?

— Libre, répondit le gouverneur; mais où vous retirez-vous?

— Dans une des tours de l'enceinte de la ville.

Puis, après un instant de silence, il adressa au gouverneur cette nouvelle question :

— Pourrai-je voir le vieil empereur de Delhi, sans être inquiété par vos soldats?

Le gouverneur répondit :

— Cette question nécessite la réunion du conseil. Retirez-vous libre, et vous saurez demain ce qu'il a décidé.

Dès qu'il fut sorti, les officiers supérieurs qui entouraient le gouverneur émirent chacun son opinion.

— C'est un homme dangereux, dit l'un; les rapports de la police disent que lorsqu'il passe dans les rues de Delhi, on lui témoigne un respect qu'on ne nous accorde pas.

Un autre prit la parole et dit :

— Ce n'est point un homme dangereux, c'est un de ces fous fanatiques qui circulent dans l'Inde. Il n'a ni sectateurs ni rien qui puisse inspirer des inquiétudes; et d'ailleurs, comme il nous l'a dit lui-même, il parcourt l'Inde depuis dix ans sans avoir inspiré aucun soupçon.

— Il y a dans cet homme, dit le gouverneur, quelque chose qui m'a frappé : de la hauteur sans orgueil, de la hardiesse sans présomption : peut-être cet homme pourrait devenir utile à la Compagnie, s'il dissipait les ennuis du vieil empereur. Ce simulacre de royauté n'exige de nous que cette condescendance qu'on accorde aux grandeurs déchues. Lui, mort, son successeur, car il faudra lui en donner un, sera-t-il aussi maniable?

Il fut résolu qu'après les renseignements pris de la police anglaise, on dirigerait la conduite que le gouvernement devrait tenir envers cet étranger.

Le gouverneur résident était un homme d'une nature pacifique; depuis longues années il occupait ce poste, et s'était fait bâtir un palais à quelque distance de Delhi. Ce qui prouvait la bonté de son caractère, c'est que, malgré les insistances des officiers anglais, il n'avait point permis la chasse autour de son habitation. Aussi aimait-il à voir les paons et les autres gallinacés du pays circuler sans inquiétude dans les immenses parcs qui l'environnaient. Aussi les chacals et les hyènes

venaient chasser sur ses terres : il se contentait de
les faire poursuivre, mais il ne voulait pas que le
gibier à plumes et à poil, qu'il avait pris sous sa
protection, fût pourchassé par les officiers anglais.
Il avait conservé du caractère anglais ce que l'on
nomme la vie pacifique; un empereur fantôme de
celui de Delhi était mort depuis sa résidence, et
lui avait causé plus d'un souci. Il ne suffit pas
d'être maître, il faut aussi ménager les opinions et
les préjugés d'un million d'hommes, qui composent la population du territoire de Delhi. Pour
les Indous, l'empereur, quoique en tutelle, était
toujours le représentant de l'empereur de Delhi.
On avait beau l'entourer de tout le cérémonial et
de toute la pompe qui accompagne l'empire, il
n'en était pas moins le pensionnaire de la Compagnie anglaise. Le peuple voyait l'appareil qui en-
tourait ce fantôme de l'empereur, et il paraissait
s'en contenter; mais, vienne un manquement aux
cérémonies qui entourent ce fantôme, le peuple se
révoltera. Dans l'Inde, les croyances et les préjugés sont tellement incarnés, que la moindre
négligence à observer les cérémonies voulues peut
exciter une révolte.

La Compagnie anglaise avait eu beau assainir
les rues de Delhi, rendre autant que possible
meilleure la condition des habitants, elle n'avait
point entamé les préjugés, et les yeux étaient tou-

jours tournés vers le palais où résidait le descendant de Thimour. Un long séjour dans le pays en
avait convaincu le résident anglais; aussi voulait-
il conserver le plus longtemps possible la vie de
cet homme qui portait le nom d'empereur de
Delhi. Cela ne se pouvait guère; cet empereur,
accablé par l'oisiveté, entouré d'un peuple de
valets qui sans cesse faisaient entendre à ses
oreilles ces mots : « Vous êtes la lumière du
monde, le victorieux des victorieux, » et qui ne
pouvait pas faire un seul acte sans l'autorisation
du résident anglais, quelque stupide qu'il fût, ne
lui révélaient pas moins le néant de sa puissance.
Abruti par les plaisirs physiques, depuis plusieurs
années il avait pris l'habitude de se livrer aux
jouissances de l'opium, surexcité encore par le
breuvage du chanvre indien.

Dans les premiers temps, il avait eu ces jouissances hors nature qui transportent dans un
monde fantasmagorique; mais l'usage immodéré
de ces excitants, ne procurant plus chez lui ni
hallucinations ni sommeil, l'avaient réduit à l'état
d'une âme en peine : ses nuits se passaient à parcourir son palais, à se jeter épuisé sur ses divans,
et à se relever pâle et exténué pour retomber de
lassitude.

Le résident anglais, dont les agents entouraient
cette ombre de majesté, était informé de toutes ses

actions, et tremblait de voir une vie si frêle lui
échapper, et laisser peut-être à sa responsabilité
un interrègne qui troublerait la placidité de
sa vie.

Il manda auprès de lui l'agent de police le plus
intelligent, et sous la direction duquel se trouvaient les agents du palais de l'empereur.

— Achab, lui dit-il, un singulier étranger est
arrivé dans Delhi, et vit dans les ruines qui envi-
ronnent le palais de l'empereur. Que pouvez-vous
me dire de cet étranger?

— Il y a longtemps, répondit l'agent, qu'il
circule dans la ville, mais il n'a de rapports avec
personne, sauf ceux que nécessite l'achat de sa
nourriture, et c'est encore un enfant qui est
chargé de ce soin. Le jour, il parcourt les environs
de l'ancienne Delhi, s'arrête, et inscrit sur des
ollas (feuilles d'arbres qui servent de papier) ses
pensées probablement. On le vénère dans la ville,
parce qu'il a fait des pèlerinages à tous les lieux
saints de l'Inde, mais on ne sait d'où il vient. Les
unes prétendent qu'il est descendu des monts
Hymalaya, les autres qu'il a parcouru le Bengale,
le Malabar et Ceylan, et qu'il est venu dans l'intention de mourir sur les ruines de Delhi; c'est,
au reste, un être inoffensif : il évite la foule; le
respect dont on l'environne paraît le fatiguer.
Voilà tout ce que j'ai recueilli sur son compte.

— Il veut s'entretenir avec l'empereur de Delhi; croyez-vous que ces entretiens ne deviendraient pas dangereux?

— Non, répondit l'agent, ils vous seront rapportés fidèlement par les hommes sous mes ordres et qui entourent l'empereur.

Le gouvernement anglais se maintient dans l'Inde par un espionnage incessant; la direction de cet espionnage dépend de celui qui l'ordonne et qui le surveille. Le caractère du résident anglais, ainsi que nous l'avons dit, était naturellement bon, mais cette qualité était modifiée par les ordres péremptoires de la Compagnie; cependant la bonté l'emporta. Il résolut, malgré les avis de son conseil, de laisser arriver l'étranger auprès de l'empereur. Cette détermination n'était pas dangereuse; pas un acte, pas une parole de cet étranger ne passaient sans être enregistrés, et transmis sur-le-champ à lui gouverneur, et il réunissait tous les pouvoirs : administration, justice et jugement sans appel. Il donna ses ordres à son agent de surveillance, et lui commanda d'aller savoir si l'empereur voulait accepter la société d'un étranger; car, par un raffinement de politique machiavélique, l'intérieur du palais était même défendu aux agents anglais, sauf le bon vouloir de cette prétendue majesté.

La réponse ne se fit pas attendre, elle fût digne de l'homme qui la rendait :

— Qu'il vienne, répondit-il, et s'il a un narcotique plus puissant que l'opium et le haschich, il allégera pour moi le fardeau de la vie.

Cette réponse ne parut pas satisfaire pleinement le résident anglais; il voulait jouer son rôle jusqu'à la fin, et entoura ce fantôme de majesté de cette pompe et de cette ostentation qui frappe si vivement les Indous.

Il fut convenu en conseil qu'il y aurait un durbar à l'occasion de la présentation de l'étranger. Mais, comme une pareille cérémonie exige des dépenses assez considérables de la part du personnage présenté, tous les membres du conseil furent d'avis qu'un homme aussi dépourvu de ressources que paraissait l'être l'étranger, ne pourrait pas pourvoir à ces frais.

C'est ordinairement la Compagnie qui s'en charge, quand c'est un personnage important qui est présenté; mais le fera-t-elle pour un homme de rien? déploiera-t-on toute la pompe des présentations ordinaires, car cette pompe est véritablement imposante? Le personnage qui doit être présenté se rend à l'audience, précédé et suivi d'une forte escorte d'honneur : cavalerie, infanterie, domestiques et huissiers, le tout suivi par une troupe d'éléphants richement caparaçonnés. Jusque dans la première cour du palais, le personnage est porté en palanquin; la garnison est sous les armes et bat aux champs; alors le premier ministre de cette pauvre majesté vient recevoir la personne admise à l'audience; derrière ce ministre, se trouve une légion de vieillards, ombres des hommes des anciens jours; à ce titre ils portent de longues cannes à pomme d'or. On introduit le personnage sous un portique doré d'élégantes sculptur. s, mais il faut le dire, sales et délabrées, à l'extrémité duquel les introducteurs lèvent un grand rideau, et se mettent à crier en cadence. « Voici l'ornement du monde! l'asile des nations! le Roi des rois! l'empereur Mohammed Akbar Bahadour Schah, toujours juste, fortuné et victorieux. »

Entourer un étranger sans nom d'une pompe aussi puérile que vaniteuse, devenait un acte ridicule : mais le cérémonial était tel, et dans l'Inde on ne s'en écarte pas.

Ce fut donc l'objet d'une longue discussion entre le résident et ses conseillers. L'habitude l'emporta, et il fut résolu que l'étranger passerait par toutes ces prétentieuses formalités, mais il ne pouvait pas se présenter les mains vides devant une majesté que l'on n'abordait qu'avec des présents, toute déchue qu'elle fût.

En tout, le gouvernement de la Compagnie est positif ce qu'il donne d'une main, il le reprend de l'autre, et l'on ne sait comment les présents offerts au descendant des empereurs mogols reviennent toujours à la caisse du résident anglais : il faut dire aussi que c'est d'elle que l'on tire ces présents, et que tout se passe par ostentation, et pour obéir aux habitudes anciennes.

L'étranger fut donc appelé devant le gouverneur; on lui expliqua tous les incidents de la cérémonie d'audience, et l'on mit à sa disposition les présents destinés au monarque, ainsi que les sacs de roupies, qui devaient être distribuées en largesses aux gens qui composaient son entourage.

L'étranger avait écouté ces explications en silence : son visage était resté impassible. Lorsque le résident lui fixa l'heure à laquelle la cérémonie devait avoir lieu, il releva la tête et dit :

— Je n'aime pas les pompes au milieu des ruines; ce n'est pas moi, simple Indou, qui dois être entouré de tant d'ostentation, quand je ne demande qu'à être présenté à celui qui n'offre plus que l'ombre du passé.

— Vous êtes Indou, lui répliqua vivement le résident, et si vous n'avez pas vécu dans l'abjection des dernières classes, vous devez savoir que l'étiquette orientale est toujours respectée.

Il répondit avec un sang-froid étonnant :

— L'étiquette se prépare-t-elle comme aux jours où elle fut inventée par la véritable puissance, ou n'est-elle plus qu'une démonstration dérisoire?

— Cet homme prononce des paroles insolentes, dit un des conseillers; sa conduite doit nous paraître suspecte, et nous devons le livrer aux investigations de la police.

Ces conseils violents ne reçurent pas l'approbation du résident et de la majorité des conseillers; il y avait dans cette affaire quelque chose de si étrange, et si en-dehors des habitudes ordinaires, qu'on voulut connaître le résultat qui pourrait en ressortir.

— Prenez ces présents, dit le résident presque avec douceur; depuis un temps immémorial, les choses se passent ainsi, et ce n'est pas la Compagnie anglaise qui voudrait y manquer pour la première fois.

Il fut donc convenu que si l'on faisait grâce à l'étranger de la pompe qui accompagnait ordinairement les présentations, il se soumettrait pour le reste aux cérémonies ordinaires.

On procéda à l'audience : introduit dans la salle, sorte de halle carrée, dont le toit en terrasse est porté sur une quadruple rangée de piliers, et entouré d'une balustrade très-basse, qui ferme seule ses arcades. Son air domine de quelques pieds le sol environnant, et on y monte par plu-

sieurs marches de chaque côté. Ce petit édifice est
entièrement de marbre blanc relevé de coupoles
gracieuses, de fleurs et d'arabesques en relief et
dorées.

L'étranger inclina trois fois la tête, approchant
la main droite du front, et, selon l'étiquette orientale, il avait laissé ses babouches sur les marches
du perron. La foule des natifs ne marche sur le
tapis impérial que pieds nus ou en bas de soie.
Cette coutume est fondée sur la raison : les Orien-
taux couchant sur les tapis, ceux-ci ne doivent pas
être maculés par les souliers.

Le gouverneur résident marchait en avant, et
l'étranger, à sa suite, s'approcha d'une estrade de
marbre surmontée d'un dais de même matière. Là,
il vit sur une pile de coussins une vieille, noire et
lamentable figure qui avait cherché dans l'opium
la force de supporter une audience. C'était le descendant de Thimour, de Babeur et d'Akbar!

Un des hommes qui se trouvaient autour de lui
cria par trois fois ces mots : « Un pèlerin qui a
parcouru l'Inde depuis des années se présente aujourd'hui devant la lumière du monde! »

L'étranger s'inclina encore trois fois, et présenta
à Sa Majesté, sur un mouchoir de batiste, un
nuzzer de roupies d'or qu'elle prit et posa près
d'elle, en lui adressant d'une voix grêle et cassée
quelques mots sur sa bonté. Il répondit à ces

graves questions par forces salams; puis, faisant un pas vers cette ombre de majesté, il prononça quelques paroles, mais à voix si basse, qu'aucun des assistants ne put les entendre : en même temps, il mit dans la main de l'empereur un petit sachet brodé d'or, que celui-ci se hâta d'ouvrir. Il contenait un cachet en or ciselé dont la pierre était un rubis. A cette vue, l'empereur, comme mû par un ressort électrique, se souleva sur ses coussins; les yeux s'animèrent subitement, puis il retomba épuisé et ferma les yeux.

Nous complétons la description du durbar de l'empereur de Delhi, interrompue par l'accident arrivé à ce dernier. Lorsque le cérémonial est arrivé à ce point, après avoir fait semblant de prendre les ordres de son maître, le premier ministre s'approche du personnage présenté, et lui déclare que son maître lui accorde un khélat ou vêtement d'honneur. Il conduit ensuite le présenté, et en cérémonie, dans une garde-robe voisine de la salle d'audience, où les gens du palais le revêtent d'un costume grotesque. C'est une grande robe de chambre de drap d'or et d'argent, et par-dessus ce vêtement long et traînant, on passe une veste étroite en drap d'argent. Ensuite le ministre lui-même façonne le chapeau en turban en l'entortillant tout autour d'une interminable bande de mousseline brodée d'argent; puis on lui jette sur les épaules une espèce d'écharpe de la même étoffe. Dans ce burlesque accoutrement, le présenté revient processionnellement devant l'empereur, marchant entre le résident et le premier ministre. Les hérauts annoncent l'entrée d'une manière étourdissante, le présenté y répond par des salams réitérés. Toujours saluant, il est reconduit au pied du trône, pour remercier l'empereur de tant d'honneurs, et en même temps il remet dans les mains de l'empereur des pièces d'or. On apporte un diadème brillant de pierreries, et tandis que le présenté se tient incliné, l'empereur lui-même l'attache à son turban, puis lui passe au cou un collier de perles, et à sa ceinture un sabre d'honneur. Chacun de ces présents nécessite le don d'une pièce d'or toujours empochée par l'empereur.

En sortant, le présenté distribue des roupies à la bande des pauvres et serviles valets qui l'attendent à la porte.

Ordinairement ces présents sont de mince valeur; le diadème royal n'est qu'une sorte de pâte; les diamants et les perles sont de verre aussi grossièrement colorés qu'ajustés, et de tout le costume il n'y a de vrai que le fil d'argent des étoffes, parce que, à Delhi, on n'est pas encore parvenu à en fabriquer de faux.

Quelques minimes que soient ces dons, tout

Anglais est tenu de les livrer au trésor de la Compagnie, qui les fait servir à une occasion du même genre. (MÉMORIAL D'HÉBERT.)

CHAPITRE II. — Iᵉ NUIT.

Incident imprévu. — Le résident anglais. — Réponse de l'étranger — Il est admis dans le palais sur le même pied que les résidents anglais attachés à la personne de l'empereur. — Entretien avec ce dernier. — Influence puissante sur l'empereur. — La vie soufflée dans un corps épuisé. — Le passé évoqué — Drame de Delhi sous Nadir. — Enfant impérial soustrait au massacre. — Fuite dans les ghonds. — Premiers événements.

Cet incident, qu'aucun des assistants ne pouvait prévoir, interrompit brusquement la cérémonie de l'audience. Le résident s'approcha brusquement de l'étranger, et lui demanda ce que signifiait le présent fait par lui à l'empereur de Delhi. Il répondit froidement :

— Je lui ai rendu ce qui lui appartient, et ce qui a été perdu depuis longtemps par ses ancêtres. Que cela ne vous donne aucune inquiétude, ajouta-t-il; il est de votre intérêt que sa vie se prolonge, et vous voyez bien que l'usage de

l'opium l'abrége : je demande à m'entretenir avec
lui seul à seul, et par Brahma et Boudha, vous
n'aurez point à vous en repentir.

— Soit, répondit le résident après un instant de
réflexion : dès aujourd'hui, vous aurez une habitation dans le palais, et vous y serez traité sur le
même pied que les deux employés anglais attachés
à la personne de l'empereur.

Le soir même, l'étranger fut installé dans un
appartement voisin de celui de l'empereur de
Delhi. Cette installation ne s'était pas faite sans
qu'il en fût informé sur-le-champ; malgré les
observations des deux employés anglais, il persista
dans sa demande que l'étranger lui fût amené
sur-le-champ. La nuit arrivait, belle et translucide
comme toutes les nuits de l'Inde avant et après la
saison des pluies. Des rideaux brochés d'or s'éten-
daient devant les fenêtres, et les masses de coussins sur lesquels était étendu l'empereur, se trouvaient tournés en face de la principale ouverture.
Sans employer les salams et les autres signes de
servilisme de l'Orient, l'étranger s'avança vers ce
trône de coussins et lui dit :

— Empereur de nom, tu as reconnu le cachet
de tes ancêtres : cela a-t-il réveillé en toi les souvenirs de leur grandeur, et veux-tu sortir de cet
épuisement de corps et d'esprit dans lequel t'a
plongé un usage immodéré de l'opium?

— Qui es-tu, toi qui oublies que tu parles à la lumière du monde?

— Qui je suis? répondit l'étranger; je suis un homme de ta race, et je ne viens pas te dire : Relève ton courage, songe à venger tes ancêtres; l'état de prostration dans lequel je te vois, les liens hypocrites et dorés dans lesquels t'enserre la politique cauteleuse de l'Angleterre, ne me permettent aucun espoir. J'ai vu l'Inde, j'ai connu son avilissement, et je n'ai aucune espérance à t'apporter. Tu vis dans l'ennui, au milieu de ces feintes grandeurs; tu cherches à t'abuser par l'usage immodéré de narcotiques qui usent et abrègent ta vie. Je viens te consoler, et parler avec toi d'un passé qui, hélas! n'est plus, et chercher des résignations qui seules te sont permises. Secoue ta torpeur; au breuvage empoisonné de l'opium, fais succéder l'usage modéré de la généreuse liqueur de Chiras : vis-tu ou végètes-tu au milieu de ces grandeurs fastueuses qui voilent les grandeurs réelles de notre race?

L'empereur le regardait avec étonnement; il secouait l'hébêtement procuré par l'opium, et cherchait à rallumer quelques étincelles d'intelligence. Près d'une demi-heure se passa en silence; l'étranger dardait sur lui ses yeux magnétiques, et semblait jouir de l'effet qu'il produisait sur l'empereur.

Le voyant en cet état, il lui présenta un petit flacon en vermeil, en lui recommandant d'en respirer les émanations.

L'effet qu'il produisit fut merveilleux : l'empereur se dressa subitement, et d'une voix assez forte engagea l'étranger à s'approcher de lui.

Nous l'avons déjà dit : quoique le jour baissât, il régnait encore assez de lumière dans l'appartement pour que l'empereur pût distinguer ses traits.

— Tu es bien l'homme de mon rêve, lui dit-il; tu es bien l'incarnation d'un de mes ancêtres; parle, je t'écoute.

En même temps, il fit signe aux deux vieillards qui portaient des cannes à pomme d'argent de se retirer.

— Je t'écoute, dit-il alors à l'étranger; parle, ton histoire m'intéressera.

— Il faut que je remonte un peu haut dans le passé, lui répondit-il; tu as peut-être conservé le souvenir des détails que l'on t'a fait de la prise de Delhi par Nadir : ce féroce conquérant était assis au sommet de la tour dont les débris existent encore, et contemplait avec une joie sauvage l'embrasement de Delhi. Les cris des victimes innombrables qui tombaient sous le fer de ses soldats épouvantaient le ciel et le remplissaient de joie. Deux jours après, cent mille cadavres jonchaient

les ruines, et les animaux féroces arrivaient de
tous côtés pour prendre part à cet immense festin;
des nuées de corbeaux, de vautours et d'autres
espèces d'oiseaux de proie s'abattaient sur les
cadavres, et le silence n'était interrompu que par
leurs cris, par les rugissements des carnassiers et
les rauquements des tigres : Nadir s'était retiré
avec son armée chargée d'un butin immense, et
croyait ne laisser derrière lui que ruines et dévas-
tations : il croyait la famille impériale éteinte,
toute puissance autre que la science à jamais dis-
parue de cette contrée; il se trompait : un enfant
de la famille impériale avait été sauvé du massacre par le dévoûment de quelques serviteurs.
Comment put-il être enlevé du milieu de tant de
désastres, échapper à la dent des bêtes féroces, et
trouver un abri dans une contrée que la terreur
avait rendue déserte? je l'ignore. Toujours est-il
que, fuyant ces lieux désolés, après bien des marches entourées de dangers, les serviteurs fidèles
arrivèrent aux sources de la Soane, tributaire du
Gauge. Ils étaient entrés dans un pays presque
ignoré : c'est le Ghond-Wana, ou la terre des
ghonds, région montagneuse et boisée, dont l'as-
pect général semble avoir peu changé depuis les
temps antiques, où elle faisait partie de la grande
forêt Dandaka.

Dans les replis de ce plateau sauvage, vivait et

vit encore une population agricole sur laquelle les siècles et les invasions semblent n'avoir déposé que des germes de barbarie et qui, à la simplicité des mœurs des Pouharris, allient les atrocités superstitieuses des Indous modernes, et la monstrueuse cruauté de cette époque mythologique où le bakchas en quête de proie humaine disputaient aux tigres et aux pythons l'empire des forêts du Dekean.

Les traditions indoues ont conservé des souvenirs effrayants de cette époque. Les forêts du Dekean étaient peuplées de tigres et d'énormes serpents nommés pythons, qui rendaient l'existence des habitants tellement précaire qu'ils se fortifiaient au sommet des arbres les plus élevés pour se soustraire aux attaques de ces monstres; mais le plus redoutable de tous était le bakchas, esprit malfaisant, au reste peu défini, et qui parcourait ces contrées pour en détruire les habitants.

Chez cette peuplade, les sacrifices humains, à diverses reprises abandonnés et condamnés par les brahmanes, sont encore en usage comme au temps de Çunaçépa, qui fut vendu par ses parents pour être égorgé dans un sacrifice, et sauvé par l'intervention du réformateur Viçvamitra (prêtre ou prophète d'India, dix-huit à dix-neuf cents ans avant J.-C.); il en résulte dans toutes les vallées une traite horrible, la traite d'enfants des deux sexes achetés à la misère, ou enlevés de vive force à leurs parents. Le mode d'achat est le plus pratiqué ; il y a toujours des parents pauvres ou surchargés de famille qui, moyennant un prix modéré, se défont d'une partie de leur progéniture. (*Inde moderne*) De Lannoye.)

Ce fut dans cette contrée qu'arrivèrent les fidèles serviteurs de ma famille, emmenant toujours avec eux celui de nos ancêtres qu'ils croyaient avoir soustrait au danger et qui allait se trouver exposé à de plus grands périls encore.

Ils tombèrent entre les mains de quelques ghonds, qui leur offrirent un prix modéré de l'enfant qu'ils menaient avec eux. Trouvant une résistance opiniâtre à ces propositions, ils s'emparèrent d'eux et de l'enfant, et après les avoir solidement garrottés, ils les conduisirent à leur village.

CHAPITRE III. — II° NUIT.

Tristes détails sur l'état moral et intellectuel de l'empereur de Delhi. — Réflexions accablantes. — La vue du ciel le ranime. — Une sentinelle cipaye. — Court entretien. — Emploi de la journée. — Visite à la tour. — Deux nouveaux étrangers. — Trésors enfouis par le grand Mogol re trouvés. — L'étranger nommé médecin adjoint de l'empereur. — Conversation de la nuit. — Continuation de l'histoire du jeune prince mogol. — Les ghouds et leurs sacrifices sanglants.

L'étranger s'était aperçu que l'empereur s'endormait; il se rendit doucement à la porte, prévint les gardes de rentrer, et se retira dans son appartement. Ce n'était pas le sommeil qu'il y cherchait; ce qu'il venait de voir l'avait profondément impressionné. Sur le trône d'Ackbar, se trouvait un vieillard presque idiot, dont la vie usée par l'opium ne donnait plus de preuve d'intelligence. L'empire de Delhi livré à des étrangers, et une fantasmagorie de pouvoir laissée au véritable empereur, cette déception s'ajoutant à toutes celles qu'il avait éprouvées jusqu'alors, aurait abattu une âme bien moins trempée que la sienne. Il se mit à sa fenêtre, contempla le ciel semé de si brillantes et de si nombreuses constellations, et livré à ses idées d'illuminisme indien, il se mit à croire que d'aussi riches contrées, tant de grandeurs, tant de puissance dans le passé, tant de souvenirs laissés sur le sol de l'Inde, ne pouvaient pas être perdus pour son avenir; il se pencha en-dehors de la fenêtre, il vit des sentinelles se promenant autour du palais, et fit entendre un bruit léger; une des sentinelles s'approcha de la croisée. Que lui dit-il? c'est ce que nous ne pourrions savoir. Il resta encore quelque temps à contempler le ciel et les rayons de la lune tombant sur les ruines environnantes, puis s'enveloppant la tête d'un moustiquaire, il s'étendit sur un sopha et s'endormit. Les matinées de l'orient sont belles et splendides, le soleil verse ses rayons avec une prodigieuse abondance; tout se ranime; les bêtes fauves rentrent dans leurs repaires, les oiseaux jettent la vie dans les palais aériens des arbres, et les ruines étalent leurs débris immobiles sous cette nature si animée.

L'étranger, à son réveil, trouva auprès de sa couche un homme dans la force de l'âge : il portait la livrée des serviteurs de l'empereur.

— Chef, dit-il à l'étranger, je suis à vos ordres. Le gouverneur résident a conçu des soupçons sur votre compte, et j'ai reçu l'ordre de vous sur-veiller.

— C'est bien, répondit celui-ci, tu lui diras que, toujours recherchant les ruines, j'en ai trouvé une vivante dans celui qu'il nomme pompeusement l'empereur de Delhi : voilà pour ta réponse. As-tu vu les frères du grand œuvre de la restauration?

— Ils sont dans la ville, répondit-il, ils attendent vos ordres.

— Hélas! répondit l'étranger, depuis deux ans je marche de déceptions en déceptions; l'Inde est un bazar où se vendent les esclaves. Dis-leur que je ne puis communiquer avec eux quant à présent, et que je ne quitterai Delhi qu'après avoir reconnu si mes traditions sont fondées ou ne le sont pas.

Des pas cadencés se firent entendre.

— C'est le subadar, dit la sentinelle, il vient relever la faction de la nuit. Demain, j'attends vos ordres.

Effectivement, un peloton de cipayes, sous les ordres d'un officier, vint relever la sentinelle, et tout rentra dans le silence.

L'étranger, toujours appuyé sur sa fenêtre, embrassait l'horizon de ses regards : des ruines, des tours à demi écroulées, des bouquets d'arbres épars çà et là, et les rayons chauds du soleil illuminaient ce spectacle; plus loin un chacal aux oreilles dressées, au museau pointu, fuyait au milieu de buissons de roses et disparaissait à la vue, en jetant en l'air un glapissement strident.

La ville de Delhi s'était éveillée ; cette rumeur sans nom qui s'élève au-dessus des grandes multitudes en sortait comme des rafales de vent. Les esclaves des Anglais allaient vaquer à leurs occupations ordinaires, insouciants du passé, plus encore de l'avenir, et ne songeant qu'au présent. De temps en temps le souffle puissant des éléphants s'élevait au milieu des murmures sourds de la multitude, et se confondait avec d'autres murmures qu'on ne saurait qualifier.

L'étranger sortit du palais et se rendit dans les ruines qui l'entouraient. Une tour restait encore presque entière ; elle lui avait servi de refuge jusqu'au moment où il fut admis dans le palais de l'empereur ; il s'y rendit. Deux hommes à la figure hardie, énergique, semblaient l'y attendre. Pas un mot ne fut prononcé entre eux ; cependant ils se comprenaient. Dans un coin se trouvaient des instruments propres à fouiller la terre : de vieux tapis les dissimulaient. Lorsque l'étranger fut entré, ils prirent ces instruments et soulevèrent une des dalles de marbre. Au-dessous se trouvait une maçonnerie en briques ; ils l'attaquèrent avec leurs instruments : au-dessous se trouvait le vide.

— C'est là, dit l'étranger, si les renseignements qui m'ont été transmis sont vrais. Avant la prise de Delhi par Nadir, l'empereur mogol régnant avait fait enfouir dans cette ouverture tous ses trésors mobiles. Descendez, Schamul, mais auparavant entourez votre corps de cette corde; je ne sais quelle est la profondeur du souterrain.

Schamul obéit et cria bientôt que ses pieds touchaient la terre, mais que ses mains n'atteignaient pas aux parois supérieures.

Alors l'étranger alluma un flambeau, et le tenant à la main, il se laissa glisser dans le souterrain. L'espace était grand, la voûte en briques n'avait pas souffert des injures du temps. Rangées de chaque côté, se trouvaient des poteries telles qu'on en fabriquait dans l'Inde : chacune d'elles portait une étiquette.

— Frère, dit l'étranger, nous avons peut-être de quoi acheter la liberté de l'Inde; jurez sur ce poignard que vous ne révélerez pas même à vos chefs particuliers la découverte de ces trésors. Avec l'empereur mogol existant aujourd'hui sous la domination anglaise, seul j'ai droit à la possession de ces trésors.

Ils remontèrent dans la tour, rétablirent la plaque de marbre sur l'ouverture, et tinrent conseil. Ensuite l'étranger alla visiter les autres ruines, comme il le faisait depuis son arrivée à Delhi. Ses deux compagnons retournèrent à la ville, ayant l'apparence de pauvres pèlerins.

Les sons d'une trompe indienne appelèrent les serviteurs au repas du milieu du jour; l'étranger se rendit à cet appel et fut étonné d'être conduit par le ministre de l'empereur dans le salon où ce dernier devait prendre son repas.

Alors le résident anglais le précédant et faisant les salams ordinaires, s'adressa à l'empereur et lui dit :

— Votre majesté impériale a témoigné le désir que cet étranger fût adjoint à son médecin ordinaire : la Compagnie anglaise, toujours désireuse de complaire à votre majesté, l'installe dès aujourd'hui dans le poste glorieux que vous lui destinez.

Le pauvre vieil empereur manifesta sa joie comme l'eût fait un enfant; il assista à la cérémonie de cette installation avec une gravité impériale qu'il n'avait pas oubliée.

Laissons de côté la description d'un repas impérial aux Indes, et disons seulement que la dignité de médecin impérial permettait à l'étranger d'approcher de l'empereur sans consulter le surveillant anglais, toutes les fois que l'empereur en témoignait le désir.

La journée s'écoula, et plusieurs fois l'empereur jeta autour de lui des regards qui semblaient dire : Serons-nous bientôt seuls? La politique anglaise, en se montrant obséquieuse et soumise, n'en réglait pas moins tout ce qui se passait dans l'intérieur du palais, et tout abâtardi qu'il était, l'empereur souffrait de cet espionnage.

Enfin le soir est arrivé. L'empereur témoigne le désir de rester seul avec son nouveau médecin, et dès qu'il crut que son ordre était obéi, il fit signe de la main, à celui qui n'était plus pour lui un étranger, de s'approcher du sopha sur lequel il reposait.

— L'histoire de ce pauvre enfant tombé entre les mains des ghonds m'a fait trembler pour sa vie, car je sais que ces sauvages se procurent des enfants pour les immoler dans leurs horribles sacrifices.

Continue ton histoire, mon inquiétude est grande ; il me tarde de savoir le sort de ce pauvre enfant.

— Ainsi que je te l'ai dit, reprit l'étranger, le plus jeune des enfants du grand Mogol, échappé à la barbarie de Nadir-Khan, se trouva lié et garrotté dans un des villages des sauvages ghonds. Mais ils ignoraient encore de quelle noble race était sorti cet enfant. On allait se livrer à quelques cruautés sur sa personne, lorsqu'un des deux serviteurs prisonniers s'écria :

— Au nom de Brahma et de tout ce qu'il y a de plus saint pour toi, ne porte pas les mains sur le fils de l'empereur de Delhi. La divinité qui l'a soustrait à la fureur du féroce Nadir-Khan te frapperait de mort sur-le-champ.

À ces paroles, les assistants, car ils étaient nombreux, se regardèrent presque avec terreur. Le serviteur qui venait de parler en profita pour leur raconter comment ils s'étaient échappés de Delhi en cendres, et comment ils avaient traversé des pays dangereux sans y périr, protégés qu'ils étaient par la puissance divine.

Les ghonds ne sont féroces que dans leurs croyances religieuses : simples agriculteurs, ils ont accepté les croyances de leurs pères et s'y conforment d'autant plus strictement qu'ils sont ignorants; d'ailleurs, tu le sais, ô empereur, les sacrifices humains, les croyances les plus horribles règnent de tous côtés dans l'Inde, et si les ghonds s'y conforment dans leurs sacrifices, c'est que les brahmanes entretiennent ces farouches croyances.

Les gens du village se réunirent en conseil, et malgré les exhortations d'un brahmane de passage, ils résolurent de rendre la liberté au jeune prince et à ses deux serviteurs. Un homme dont je te parlerai plus tard influa puissamment sur cette détermination, et demanda que le jeune prince lui fut confié. A partir de ce jour, l'héritier ou le descendant de l'empereur du Mogol fut libre comme l'air, et par les soins de son protecteur il

fortifia son tempérament naturellement faible. Il
ne fut point occupé aux travaux de la campagne,
mais des attentions presque respectueuses l'entou-
rèrent. Accompagné de ses deux serviteurs et
armés d'arcs et de sabres, ils parcoururent les
vallées et les forêts, chassant les animaux destruc-
teurs des moissons.

Quatre ans se passèrent dans cette vie active et
fortifiante, et le jeune prince, devenu homme,
épousa, selon les rites du pays, la fille de son protecteur. Plusieurs enfants naquirent de cette
union, et dans le pays ils étaient regardés comme
des chefs entourés de je ne sais quelle mystérieuse
influence. Le protecteur du jeune prince, contrairement aux habitudes des gens du pays, faisait de
fréquentes et longues absences, et ne rentrait
jamais dans son village sans y rapporter, outre des
marchandises étrangères, de nombreuses roupies
et autres pièces d'or. C'est que, et il faut que je
l'avoue, cet homme était affilié à la société des
Thugs, et jouissait dans cette société d'une influence prédominante.

Il en était un des grands chefs, et sans prendre
part aux meurtres commis par les Thugs, il allait
faire des inspections, diriger les opérations de cette
affreuse société, et ne revenait jamais sans rapporter sa part de butin.

Dans une réunion ou se trouvèrent les princi-

paux chefs des Thugs, il leur parla du prince
mogol qu'il avait introduit dans sa famille, leur fit
sentir qu'en affiliant ce jeune prince à la société,
ils pourraient l'étendre, attirer à eux les Bils et les
Dacoïtes, former une association générale, et
tenter un grand coup qui leur permettrait de s'emparer d'une des principautés de l'Inde.

Il parla si bien, que l'assemblée des chefs
accepta sa proposition à l'unanimité : il fut résolu
que le jeune prince serait affilié à la société, qu'il
en aurait la direction supérieure, et tous crurent
que les chefs des Bils et des Dacoïtes, avec lesquels ils avaient des rapports continuels, accepteraient une association générale, et tenteraient ce
que l'orateur venait de leur exposer.

A cette époque, la moisson commençait chez les
ghonds, et il n'était guère possible de réunir tous
les chefs; d'ailleurs les influences des astres ne
leur étaient pas favorables.

Je vais maintenant te donner des renseignements sur les sacrifices faits par les ghonds. Huit
jours avant le sacrifice, le malheureux enfant
destiné à la mort est étroitement garrotté; on lui
donne, du reste, à boire et à manger autant qu'il
le désire. Dans l'intervalle, les habitants des
villages voisins sont invités à venir prendre part
à la grande solennité religieuse, au *Pourroucha-
medha.*

Les préparatifs terminés et les convives réunis, on amène au lieu désigné par l'usage le captif, que l'on a presque toujours soin de plonger dans un état d'ivresse, au moyen d'une boisson préparée avec du chanvre indien et d'autres substances narcotiques.

Après l'avoir attaché au poteau consacré, les assistants commencent autour de lui une ronde mystique et sauvage; puis, à un signal donné, tous ensemble, le couteau à la main, se jettent sur la victime, qui est dépecée toute vivante : le lambeau que chacun en détache, emporté en toute hâte sur le champ qu'on veut féconder, devant, d'après le rituel barbare, y être déposé encore chaud et saignant!

Le narrateur s'aperçut que le vieil empereur s'assoupissait, et que l'opium dont il continuait l'usage faisait son effet, il se retira sans bruit.

CHAPITRE IV. — III° NUIT

Occupations de l'étranger dit Thimour. — Ses relations avec des hommes qu'il rencontre au milieu des ruines. — Courte description des ruines de Delhi. — Départ. — Saison des pluies. — Situation dangereuse. — Apparition extraordinaire. — Arrivée à une pagode de la déesse Kali. — Disparition inexplicable du guide. — Réception hospitalière. — Nuit interrompue par des cris. — Délivrance d'une veuve destinée au bûcher. — Accidents. — Départ et rencontre d'une troupe de fakirs.

L'étranger, que nous désignerons désormais sous le nom de Thimour, parut en proie à de violentes préoccupations : durant toute la journée il parcourut les ruines environnant Delhi, et, chose singulière, il se rencontrait à chaque instant avec des individus qui semblaient ne se trouver que par hasard sur son passage. Ils échangeaient entre eux quelques signes rapides, et puis s'éloignaient avec l'indifférence de gens qui se rencontrent par accident. Cependant il continuait toujours à errer parmi ces décombres, s'arrêtant de temps en temps sur des monceaux de pierres que le temps avait couverts d'une végétation luxuriante. Il faut que nous décrivions un peu ce que l'ancienne Delhi a laissé sur la terre.

Des ruines d'une grandeur inaccoutumée, même dans l'Inde, annoncent l'approche de Delhi, de quelque part qu'on y arrive. Elles entourent la ville moderne d'une zone de plus de cinq kilomètres de largeur, et rappellent les scènes effroyables de carnage et d'incendie dont ces campagnes ont été le théâtre; il n'y a point de lieu sur la terre où tant de sang humain ait coulé. L'histoire garde le souvenir de désastres plus grands encore : mais ces désastres ne se renouvelèrent qu'une fois, et, en moins de quatre siècles, Thimour et Nadir passèrent à Delhi. D'ailleurs, plus de deux mille ans avant Thimour, la ville d'Indra Prastha, qui précéda Delhi sur ce sol fatal, était déjà le but de l'attaque et de la défense, le pivot sanglant autour duquel combattirent et succombèrent les envahisseurs et les champions de l'Inde antique. Qui pourrait dire de quels flots de sang humain ce sol fatal doit s'abreuver encore?

C'était au milieu de ces pensées que Thimour parcourait les espaces de Delhi, entourée de murailles de granit rouge : toujours des débris, ceux des tombeaux, ceux des forteresses, épars dans l'horizon aride, et la ligne à demi ruinée des remparts qui entourent la ville moderne. Il vit non loin de lui les dômes dorés d'une petite mos-

quée brillant au milieu des bosquets de lilas des
Indes et de tamarins aux cimes arrondies. C'est là,
se dit-il, que dans un de ces minarets Nadir s'assit
pour contempler l'incendie de Delhi et le massacre
de ses habitants; il n'en descendit qu'au bout de
trois jours, alors que cent mille cadavres, encom-
brant les ruines calcinées de la ville, commençaient à répandre dans les airs leurs miasmes em-
pestés.

Thimour paraissait accablé par les souvenirs du
passé; si de temps en temps il relevait la tête,
c'était pour la laisser penchée sur sa poitrine, et
réfléchir.

Sa promenade avait un double but : examiner les
ruines, reconnaître le parti que l'on pourrait en
tirer dans un soulèvement, et s'entretenir avec un
individu qui se tenait négligemment assis sur une
colonne.

— Naboul, lui dit-il, nous n'avons aucun espoir
à fonder sur l'empereur actuel de Delhi : il est
réduit à un état d'impuissance telle qu'on ne peut
plus le regarder que comme un automate vivant.
Je n'ai pas encore vu son successeur, mais on m'a
assuré qu'il n'était pas propre aux grands projets
que nous avons conçus. Livré à cette molle et fan-
tastique poésie de l'orient, il croit avoir beaucoup
fait, quand il a fait des vers amoureux, ou parlé

des chants de bulbul (le rossignol). Ce n'est pas l'homme qu'il nous faut.

— N'êtes-vous pas le descendant de Thimour? lui demanda Naboul; n'avez-vous pas sous vos ordres les trois plus puissantes associations de l'Inde?

— Tu dis vrai, frère, répondit Thimour . il ne s'agit plus que de concentrer nos projets; mais ce pauvre vieil empereur m'inspire de la pitié; son entourage, et surtout sa famille, ont surtout oublié ce qu'ils sont aujourd'hui, et agissent comme s'ils étaient encore aux jours passés. Le neveu de l'empereur vient d'être saisi par la Compagnie anglaise, et mis en jugement; il a fait enterrer vive une de ses esclaves dont il était jaloux, et subira la peine due à un pareil crime. Oublier le présent, se croire encore au passé, voilà où se trouvent les descendants dégénérés de Thimour. Nous n'avons rien à espérer d'eux.

— N'existez-vous pas, vous le descendant non dégénéré du grand Mogo? n'avez-vous pas la force, n'êtes-vous pas assuré des trois associations qui maintenant règnent sur l'Inde?

— Retire-toi, Naboul, je vois des espions anglais qui semblent nous observer : silence, patience, courage et espérance.

La nuit est venue; le vieil empereur attend avec une impatience qui ne lui est pas ordinaire l'arrivée de Thimour. Ils sont seuls; les valets du palais sont écartés, et Thimour continue ainsi son récit :

— Il fallait que mon aïeul fût initié à l'association des Thugs. Cette initiation se faisait d'une manière terrible et effrayante : elle avait lieu dans l'enceinte d'un bois épais; les Thugs, les principaux des réunions répandues dans l'Inde, se trouvaient assemblés, et formaient un cercle autour d'un cadavre recouvert d'une mousseline blanche. Le récipiendaire était appelé par trois fois, et trois chefs thugs, la tête voilée, le conduisaient auprès du cadavre; un d'eux soulevait le voile qui le couvrait, et lui indiquant du doigt le cou tuméfié par le cordon strangulateur, il lui disait lentement : « Nous sommes les serviteurs de Kali la vengeresse, nous envoyons les âmes renfermées dans des corps asservis, dans des corps qui seront plus dignes de leur habitation : la mort est le passage à une autre vie; tout sur la terre le prépare. Te sens-tu le courage de t'associer à notre grande œuvre? vois ces deux poignards et ce lacet; si tu acceptes, mets ces deux poignards et ce lacet autour de ton bras gauche. Puis, jure, par la puissance de la déesse Kali, de ne révéler à aucun être, en-dehors de notre association, le but que nous nous proposons. Tu portes un grand nom, il ralliera tous les vengeurs de l'Inde, et nous pourrous établir notre puissance contre celle des étrangers.

« D'après les récits de deux de tes serviteurs, des trésors immenses sont enfouis dans les ruines de Delhi; ils serviront à notre œuvre. Fils du grand Mogol, veux-tu jurer fidélité à notre association? »

Mon aïeul, préparé à cette terrible cérémonie par son beau-père, s'avança d'un pas ferme et fit le serment redoutable. Aussitôt les assistants s'écrièrent :

— Sois notre chef suprême, conduis-nous au but désiré, et si tu manques à tes serments, que la puissante et terrible Kali te livre à notre vengeance.

Ainsi finit l'initiation, et mon aïeul se trouva le chef suprême de l'association des Thugs.

Les années s'écoulèrent, mon aïeul parcourut les diverses contrées de l'Inde, tâchant d'organiser dans un sens vraiment politique la société des Thugs. Je ne sais quels furent les résultats de ses tentatives; mon père ne me les a jamais fait connaître; et le silence mystérieux qui régnait à ce sujet, ou ne fut pas dévoilé à mon père, ou il ne jugea pas à propos de me le faire connaître, que lorsque j'aurais atteint âge d'homme. Il y a de cela plus de dix ans, mon père, rapporté dans cette bourgade dangereusement blessé, expira peu après, en me remettant le cachet que je t'ai confié, à toi empereur de Delhi. Avant de mourir, il put me réveiller une partie de ses projets, et me donna les signes du commandement de l'association des Thugs. Le but proposé flatta mon ambition, et je résolus de connaître par moi-même l'état de l'Inde sous la domination anglaise.

N'étant retenu dans le pays des ghonds par aucun lien de famille, je partis, avec des indications assez certaines pour me faire découvrir les trésors enfouis par l'empereur mogol avant la prise de Delhi. Ce fut vers cette ville que se dirigèrent mes premiers pas. A la vue de ces immenses ruines, je perdis l'espoir de découvrir les trésors enfouis. La domination anglaise exerçait une surveillance si active, que ma présence continuelle à travers ces ruines excita ses soupçons. Arrêté par les agents anglais, et conduit devant le résident, je reçus l'ordre de m'éloigner du territoire de Delhi. Je voyageais accompagné d'un seul serviteur de notre société, et dès que ma présence fut connue dans le pays, tous les Thugs me firent accompagner, sans que cela parût, par des associés déterminés et bien armés. Ce fut ainsi que je pus parcourir une partie de l'Inde sans danger, même du côté des bêtes féroces.

Un incident de mes voyages me paraît assez remarquable pour que je puisse te le raconter.

C'était au commencement de la saison des pluies, mon compagnon de voyage fut mordu par un serpent, et expira peu d'heures après sous mes yeux. Je me trouvais alors dans les hauts djungles qui commençaient à être inondés, et n'ayant pas trouvé le garde qui devait m'être envoyé d'une des sociétés de Thugs, mon embarras était grand. Le cheval que je montais, harassé de fatigue, s'était abattu au pied d'un nopal : la pluie tombait à torrents, la nuit approchait, et j'entendais les cris, les hurlements et les rauquements des carnassiers ; je me crus à ma dernière heure. Je ranimai mes forces en mangeant quelques provisions qui se trouvaient sur la croupe de mon cheval, l'instinct de la conservation me fit grimper au haut d'un nopal d'où j'espérais apercevoir les feux de quelques villages ; l'obscurité devenait de plus en plus grande, et les torrents de pluie ne cessaient pas : les bruits sourds des eaux qui se précipitaient dans les vallées arrivaient de tous côtés à mes oreilles. Bientôt j'allais me trouver au milieu de l'inondation. En jetant les yeux au pied de l'arbre, j'aperçus une figure d'homme tournée vers moi : de la main il me faisait signe de descendre ; j'obéis, et lorsque je me trouvai à terre, je pus remarquer un homme d'une taille plus qu'ordinaire ; malgré l'obscurité, je distinguai l'éclat de ses yeux. Il portait un long bambou, et sans articuler aucune parole, il me fit signe de le suivre, et marcha devant moi. A chaque instant de larges flaques d'eau se présentaient devant nous, il les franchissait légèrement et me présentait ensuite l'extrémité de son bambou pour que je pusse les franchir comme lui.

Durant plus d'une heure nous marchâmes en silence, en gagnant un terrain plus élevé. Enfin, nous nous trouvâmes à la porte d'une pagode : mon conducteur disparut en faisant entendre un cri strident. L'entrée de la pagode s'ouvrit; un brahmane armé d'une torche se présenta devant moi : je lui demandai l'hospitalité.

— Etranger, me répondit-il, la puissance Kali te protége, j'ai entendu ton cri d'appel, entre.

Cette hospitalité m'était bien nécessaire; mes habits légers étaient trempés d'eau, et l'impression de terreur que m'avait laissée le départ de mon guide avait achevé d'épuiser mes forces.

Après avoir changé de vêtements, pris quelques cordiaux que me présenta le brahmane, je m'étendis sur une peau de tigre placée sur une espèce de divan, et je m'endormis.

Je ne sais depuis combien d'heures le sommeil avait fermé mes paupières, lorsque je fus inopinément éveillé par des cris aigus : ils partaient des appartements intérieurs de la pagode. Ces cris étaient poussés par une femme, et souvent interrompus par un bruit sourd.

Admis dans cette pagode par l'hospitalité, je balançai un instant pour savoir si je devais aller reconnaître la cause de ces cris. Un sentiment d'humanité l'emporta sur mes scrupules : je me levai à la hâte et cherchai mon kangiar (poignard). Je ne le trouvai pas; il était resté avec les habits qu'on avait mis devant un brasier pour les sécher.

Dans la cruelle incertitude où je me trouvais, je cherchais le lieu où mes vêtements avaient été déposés : c'était un dédale que cette pagode; je ne pouvais m'y reconnaître, et cependant les cris continuaient, mais beaucoup plus faibles. Emporté par l'ardeur de ma nature, je me dirigeai vers le lieu d'où partaient ces cris : une porte en bambous taillés me permit de voir dans l'appartement d'où ces cris partaient, entre deux hommes, une femme qui me parut de la première jeunesse, et qui cherchait à se débarrasser des liens qui entouraient son corps et ses bras. Un de ces hommes était un brahmane de la première caste; je le reconnus à son cordon : l'autre tenait à la main une coupe, et voulait la faire boire à la jeune femme, qui se débattait. Ce spectacle m'émut tellement, que j'enfonçai la porte de bambous et me trouvai en face des bourreaux. Mon arrivée imprévue parut les frapper d'abord; mais un d'eux, faisant tomber sur un gong, une espèce de masse creuse qui attira aussitôt dans l'appartement une dizaine de serviteurs; ils se jetèrent sur moi, m'enlacèrent dans leurs bras, et malgré ma vigueur naturelle me renversèrent sur le sol. Alors le brahmane principal me dépouilla des vêtements dont on m'avait couvert, et laissa mon corps presque nu. Alors s'opéra un changement extraordinaire : le cordon qui pendait de mon cou, et qui indiquait ma dignité supérieure chez les Thugs, leur imprima une telle terreur, que je les crus changés en statues.

Ces hommes qui s'étaient jetés sur moi, qui m'avaient dépouillé de mes vêtements avec violence, tombèrent à mes pieds en suppliants. Ce fut à qui me rendrait les soins les plus vils, et qui me prodiguerait les abaissements les plus humiliants pour des hommes.

Profitant de cette circonstance, je me redressai de toute ma hauteur, et leur commandai de délier la malheureuse jeune femme qu'ils avaient jetée dans un coin de l'appartement.

— Les lois de Kali l'ordonnent, me dit alors le premier brahmane, et nous ne pouvons les enfreindre.

Je me trouvais fort, et j'avais vu l'impression que mon signe de chef des Thugs avait produite. Je répondis :

— Vous m'avez dit, en me donnant l'hospitalité, que j'étais arrivé dans votre pagode sous la protection de la puissante Kali; eh bien! c'est en son nom que je vous ordonne de délivrer cette femme. Elle m'appartient, et je sais ce que je dois en faire.

Mon titre de grand chef des Thugs inspirait tant de respect, que je fus obéi sur-le-champ : le brahmane et ses coreligionnaires se trouvaient associés aux Thugs.

Mon séjour dans la pagode fut environné de tout le respect que l'on accorde à un roi; la malheureuse femme que j'avais délivrée était une jeune veuve de seize ans que l'on voulait brûler sur le bûcher de son mari.

— Si vous me laissez avec ces hommes, me dit-elle, ils me jetteront dans la société déshonorée, et je n'y trouverai ni parents ni amis pour me recueillir. Emmenez-moi avec vous, quel que soit votre sort il sera mon sort; il ne me reste qu'à mourir, ou passer mes jours dans l'opprobre.

J'accueillis sa demande, mais ne pouvant pas voyager avec une femme, j'employai le peu de jours que je passai dans la pagode à lui chercher un refuge. Ce fut inutile, aucune maison ne s'ouvrit pour la recevoir, et le préjugé religieux fut plus fort que l'humanité. Je pris alors un parti que l'avenir me prouva bon. Mon serviteur, en-

voyé à l'avance avec la veuve, la revêtit d'habille-
ments d'homme, et escorté de Thugs qui ignoraient
ce changement, je me dirigeai vers Lucknow.
Quatre villages étaient presque composés en entier
de Thugs ; aussi y fus-je reçu avec respect.

Mes provisions étaient épuisées, ma bourse encore
plus ; tout fut renouvelé, surtout en roupies, et
lorsque je repris ma route, ce fut sur le dos d'un
chameau, escorté de quatre Thugs montés sur des
chevaux. Notre première halte se fit dans le
voisinage d'une bande de fakirs : jamais je n'ai
rien vu de plus licencieux et de plus dissolue. Ces
gens que j'avais vus malades, estropiés et couverts
de plaies, se trouvaient ingambes et bien portants
autour du brasier sur lequel bouillait une immense
marmite dans laquelle cuisaient des aliments que
les Indous ne se permettent pas. Le vin de palmier,
l'eau-de-vie extraite du riz, circulaient dans des
moitiés de noix de cocos et animaient la gaîté
bruyante des convives. J'eus honte de l'espèce
humaine livrée à de pareilles superstitions, et
alimentant de pareils mendiants.

Mon voisinage gêna leur orgie, et ce fut avec
des manières souples et serviles qu'ils vinrent à
mon campement, bien inférieurs en nombre à celui
qu'ils occupaient avant moi.

Le titre de chef supérieur des Thugs leur im-
posait ; dans tous les pays, les mendiants, les

assassins et les voleurs se donnent la main. Je souffrais : mon but était plus élevé, et lorsque je voyais les hommes que j'aurais pour auxiliaires, je me sentais pris d'un dégoût invincible. Cependant, nous nous séparâmes dans les meilleurs termes, et pour assurer mon passage à travers une forêt infestée de tigres, plusieurs fakirs se joignirent à mon escorte.

CHAPITRE V. — IV° NUIT.

Changement de régime de l'empereur. — Amélioration de sa santé. — Étonnement du docteur anglais. — Thimour continue son récit. — Divers accidents de voyage. — L'association des Thugs embrasse toute l'Inde. — Signes de reconnaissance. — Halte au bungalow. — Surprise désagréable. — Arrivée d'une troupe de cavaliers anglais. — Leur insolence. — Surprise à leur tour de leur part. — Ils sont entourés et désarmés. — Thimour leur donne ses provisions. — Questions des Anglais. — Réponse de Thimour. — Il est averti qu'un cavalier anglais est parti pour la station anglaise. — Conséquences qu'il en tire. — Départ projeté. — Stratagème. — Traces impossibles à retrouver.

Malgré mes prescriptions comme médecin, le pauvre vieil idiot d'empereur continuait à prendre des narcotiques. Je m'y opposai formellement, et le mis au régime des boissons qui le rafraîchissaient, en le fortifiant. Le premier médecin en titre que lui avait donné la Compagnie anglaise me fit des objections; je les réfutai en lui disant :

— Laissez seulement durant huit jours l'empereur suivre le régime que j'indiquerai, et, si au bout de ce temps il n'y a pas un changement notable dans le moral et dans le physique, je vous donne gain de cause.

Les dispositions favorables de l'empereur à mon égard lui firent accorder ce que je demandais; la politique tortueuse des Anglais n'était pas de hâter la mort du vieillard, car après lui venait un successeur; il fallait l'entretenir dans un état voisin de l'idiotisme, tout en prolongeant autant que possible sa vie. Dans mes voyages, j'avais acquis la connaissance de quelques simples qui pouvaient relever l'organisme en le tonifiant. J'en fis usage, et dès le sixième jour l'amélioration était si sensible que le médecin anglais, honnête homme au fond, accepta mon traitement, et en parla même au résident.

Ma faveur allait donc en augmentant, et j'en fus d'autant plus satisfait que je voulais enlever les trésors enfouis dans la tour. Il ne se passait pas de jour que je ne reçusse des nouvelles des associés thugs, qui, sous prétexte de me consulter, m'apportaient des nouvelles des cercles des environs de Delhi.

En entendant les récits de ces hommes qui croyaient accomplir un acte religieux, et se vanter des meurtres qu'ils avaient commis, j'éprouvais un dégoût profond; mais pouvais-je faire disparaître des mœurs enracinées dans l'esprit des Indous? devais-je abandonner le plan formé par mon père et mon grand-père? n'étais-je pas reconnu comme le chef suprême des Thugs, et devais-je m'exposer à une mort certaine, sans espoir d'obtenir les résultats auxquels j'aspirais?

Un jour, c'était le septième depuis que le vieil empereur avait suivi mon traitement, je fus appelé auprès de lui vers le milieu du jour.

— Tu seras mon sauveur, me dit-il; mais le plus important est de donner de l'énergie à mon héritier; mes idées sont plus arrêtées, plus énergiques, et j'ai envie de parcourir ces jardins jadis si luxuriants de verdure.

— Pas encore, lui dis-je; et je pris en même temps une coupe en or déposée sur une table basse. Je l'approchai de mes lèvres, et je reconnus aussitôt qu'elle contenait un breuvage composé d'opium et de suc de chanvre indien.

— Qui t'a apporté ce breuvage? dis-je à l'empereur d'un ton sévère.

— C'est un des serviteurs du résident anglais, me répondit-il.

Sans ajouter une parole, je pris la coupe et allait en verser le contenu par la fenêtre; puis la remplissant d'eau pure, je versai dedans quelques gouttes d'élixir que je portais toujours sur moi.

— Ne t'éloigne pas, me dit l'empereur, mon médecin va venir me faire sa visite, et il faut que tu lui répondes pour moi.

Je m'assis sur un sopha, et examinai la face de l'empereur : ses rides étaient moins accentuées; la peau presque tannée semblait avoir repris une couleur de vie. L'œil n'était plus atone, des étincelles d'intelligence s'en échappaient.

— Que ne puis-je, me dis-je intérieurement, ranimer la vie intellectuelle chez ce pauvre vieil empereur? Alors, peut-être en lui communiquant mon plan, pourrait-il l'accepter, et alors quelle puissance me donnerait ce nom d'empereur? Deux cent mille âmes qui peuplent Delhi se soulèveraient à mon appel; les cercles des Thugs, prévenus par moi, accourraient dans cette ville, et un point important dans l'Inde serait enlevé aux Anglais. Qui sait si les autres petits princes asservis ne se joindraient pas à nous, et si les cipayes eux-mêmes ne tourneraient pas les armes contre ceux qu'ils regardent comme leurs oppresseurs?

Telles étaient mes pensées intérieures, lorsque le médecin entra. Surpris de voir l'empereur dans un état de santé inespéré, il lui tâta le pouls, le regarda quelque temps en silence, puis se tournant vers moi, il me dit :

— Confrère, vous avez des secrets merveilleux pour ranimer la vie; au nom de l'humanité, je vous prie de me les confier.

— Plus de narcotique, lui répondis-je, une nourriture légère et substantielle, en remplaçant les boissons énervantes par le vin généreux de Chiras. Il ne me dit rien de plus et se retira.

—Viens, me dit l'empereur, et continue ton récit, la nuit est proche.

—Je me rendis dans le royaume d'Aoude en passant par Bénarès. Comme tout bon Indou, je visitai les lieux consacrés, et je fus tout étonné, en me mêlant à la foule des pèlerins, de rencontrer une grande quantité de Thugs. Le signe imperceptible qu'ils font sans cesse avec la main, les fait se reconnaître.

Monté sur un chameau et escorté de quatre serviteurs thugs, je me mis en route pour l'Aoude. C'est dans ce royaume que se recrutent particulièrement les Thugs. Les campagnes me parurent mieux cultivées, l'extérieur des habitants moins misérable que dans le reste de l'Inde. Une chose me frappa : le chameau sur lequel j'étais monté avait un licol de plusieurs couleurs, et les nombreux voyageurs ou pèlerins que nous rencontrions s'arrêtaient un instant pour me donner des signes de respect. Je fis faire cette observation à un de mes serviteurs; il me répondit que le licol de ma monture indiquait mon rang.

Les bungalows se trouvaient à la distance d'une journée de marche tout le long de la route, et le premier où nous passâmes la nuit se trouva approvisionné plus abondamment que tous ceux que j'avais déjà rencontrés dans mes voyages. Il y eut autour de moi trois serviteurs silencieux, mais très-empressés à obéir à mes moindres signes. Nous étions encore en train de manger, quand un grand galop de chevaux retentit sur la route que nous avions suivie pour nous rendre au bungalow. Les gardiens et mes serviteurs parurent d'abord surpris; puis, l'un d'eux rentra, et annonça qu'une cavalcade anglaise venait passer la nuit au bungalow. Je prévis qu'une collision pouvait avoir lieu. Nous occupions les deux seuls appartements de ce pavillon, et connaissant la hauteur du caractère anglais, les arrivants voudraient probablement nous envoyer coucher à la belle étoile.

La porte s'ouvrit avec bruit, et deux ou trois officiers anglais, laissant les cipayes de leur escorte au-dehors, entrèrent, je puis le dire, comme des conquérants.

Je ne me dérangeai pas, et dis à la femme que j'avais sauvée, et qui portait toujours les habits d'homme, de contenir son émotion. L'absence de mes serviteurs et des gardiens du bungalow m'inquiéta, et cependant je fis bonne contenance.

— Allons, dehors, me dit un des officiers à barbe rouge, le ciel de l'Inde est la tente des Indous.

Je fis semblant de ne pas comprendre ce qu'il me disait, et bus tranquillement le petit bol de café servi devant moi.

— Allons, Halcrof, dit un second officier, tu vois bien que ce vassal ne comprend pas l'anglais : je vais le prendre par les épaules et le jeter à la porte.

Je ne remuai pas, et cherchai de ma main droite mon kangiar arrêté dans ma ceinture. Le second officier s'avança effectivement vers moi, et allait porter la main sur ma personne, lorsque la veuve Halidad se dressa entre nous et présenta le petit poignard dont elle était armée.

— Oh ! oh ! dit l'Anglais en ricanant, il paraît que les femmes s'en mêlent.

Effectivement, la longue chevelure d'Halidad annonçait son sexe.

— Allons, pas tant de cérémonie, dit le premier officier anglais, décampez de bonne volonté, ou sinon.....

La lutte allait s'engager, les Anglais virent qu'ils avaient affaire à un homme résolu, et appelant les cipayes qui se trouvaient à la porte, ils leur ordonnèrent de s'emparer de ma personne.

Le mouvement que j'avais fait pour dégager mon poignard avait écarté l'écharpe qui me tombait des épaules, et mis en évidence le signe de chef des Thugs. Les cipayes déposèrent leurs armes contre les parois de l'appartement, croisèrent les mains au-dessus de la tête, et la baissèrent respectueusement.

— Qu'est-ce à dire? répliqua l'officier à la barbe rouge; avons-nous affaire ici à une de ces divinités dont l'Inde pullule?

— Non, lui répondis-je froidement, vous avez affaire à un homme qui dispose du seul droit que vous vous arrogez, du droit de la force.

Les Anglais dégaînèrent leurs sabres, et menacèrent les cipayes, en leur enjoignant avec menaces de s'emparer de ma personne.

La scène changea subitement : deux cipayes restés en-dehors de l'appartement entrèrent, la terreur peinte sur leurs visages. Le bungalow était entouré d'une foule compacte : on les avait désarmés, et les assaillants sommaient les Anglais de déposer leurs armes à mes pieds.

— Jamais, s'écrièrent avec fureur les officiers anglais. Cipayes, au nom de la discipline militaire, emparez-vous de cet homme; ils me désignaient de la main. Les cipayes ne bougèrent pas, et une foule d'hommes, dont l'extérieur annonçait des agriculteurs, envahit l'appartement. Dans un clin d'œil les Anglais furent désarmés et entraînés au-dehors.

— Pas de violences, m'écriai-je; mettons les insolents envahisseurs à la raison, mais ne les maltraitons pas.

Ces paroles furent des ordres : les hommes qui tenaient les Anglais les lâchèrent aussitôt, et se contentèrent de leur enlever leurs armes.

Plusieurs fois j'ai eu l'occasion d'observer les hommes les plus arrogants, et ce sont les Anglais qui m'ont toujours présenté ce type : mais je n'avais jamais vu la lâcheté succéder si rapidement à l'arrogance : ils pâlirent tous, ne firent aucune résistance quand on leur enleva leurs armes; il faut le dire aussi, ils comprenaient que toute résistance était impossible. Je les fis rentrer dans la première pièce du bungalow, et me retirai dans la seconde avec mes quatre serviteurs. Les valets des Anglais se retirèrent avec les chevaux sous un hangar voisin, et d'après un signe de ma main la foule disparut.

Curieux de savoir quelle attitude allaient prendre les officiers anglais, je rentrai dans l'appartement qu'ils occupaient, et leur indiquant la caisse qui contenait mes provisions, je me servis de leur langue pour leur déclarer qu'elles étaient à leur disposition. Ce fut alors que celui qui portait une barbe rouge me demanda, mais cette fois sans insolence, ce que je me proposais de faire de leurs personnes. Je lui répondis qu'ils étaient libres, que je n'avais fait qu'user de mon droit en les mettant à la raison, puisqu'il est reconnu dans toute l'Inde que la jouissance du bungalow appartient au premier occupant.

— Mais enfin, qui êtes-vous? me demanda-t-il.

— Un simple pèlerin, lui répondis-je qui visite les lieux sacrés de la terre natale, et qui n'empiète jamais sur les droits des autres, eût-il même la puissance de le faire impunément.

Je croyais ce court entretien terminé, lorsque le même officier me demanda pourquoi on ne leur avait pas rendu leurs armes.

— Pour que vous n'en usiez pas, lui répondis-je; demain, à votre départ, on vous les rendra. J'allais rentrer dans l'appartement, lorsqu'un Thug de mon escorte traversa rapidement la pièce occupée par les Anglais, et me fit connaître par un signe imperceptible qu'il avait une communication à me faire.

— Un des hommes de la suite des Anglais, me dit-il, est parti à cheval vers la station anglaise, campée aux limites du royaume d'Aoude. Il est bien monté et y sera arrivé avant que cette étoile soit descendue à l'horizon. Cela m'indiquait qu'il y serait rendu en quatre heures au moins. Le Thug ajouta :

— L'orgueil des Anglais a été froissé, courbé sous la force, et soyez persuadé, saïb, qu'une forte troupe de cavaliers nous assaillira au point du jour.

L'effusion du sang me répugnait, vu le but que je me proposais dans mes voyages, je commandai au rapporteur de faire préparer mon chameau et les chevaux des hommes de mon escorte, le tout sans bruit. Après cela, je me livrai à quelques heures de repos. Je fus réveillé par le bruit d'un instrument qui détachait les bambous du fond de l'appartement. Je m'approchai doucement; la lueur de la lune qui perçait à travers l'ouverture me permit de reconnaître l'homme de mon escorte.

— Tout est prêt, saïb, me dit-il à voix basse; enez.

Nous passâmes tous par l'ouverture, et derrière une touffe d'arbres je distinguai la haute stature et la tête de mon chameau. Ce qui m'étonna, ce fut de trouver, avec mes chevaux, tous ceux des Anglais.

— N'emmenons point ces animaux, lui dis-je, nous ne partirons pas comme des voleurs.

— Ce n'est pas mon intention, me répondit-il. Deux des nôtres vont les conduire sur une route opposée à celle que nous allons suivre, et puis les y abandonneront.

Je compris son stratagème, et tandis que les chevaux anglais, conduits par deux des nôtres, reprenaient la route que nous avions suivie la veille, notre petite caravane entrait dans le chemin le plus fréquenté qui conduit à Lucknow. Nos traces ne pouvaient être reconnues parmi les traces nombreuses des pieds des chameaux et des éléphants.

CHAPITRE VI. — Ve NUIT.

Continuation du voyage. — Rencontre le long de la route. — Un crime commis par les Thugs est soupçonné. — Nouvelles. — Changement de direction. — Réunion nocturne près de la Djumna. — Exposition du plan formé pour écraser les Anglais — Arrivée à Lucknow. — Nouveau message. — Retour à Delhi. — Entretien de nuit avec l'empereur. — Ses défaillances et ses espoirs. — Entrevue avec les princes du sang. — Exposition des projets. — Objections. — Thimour persuade les princes. — Un agent du résident gouverneur — Nouvelles qui ont alarmé son entourage.

Notre marche ne fut embarrassée par aucun accident, et plus nous avancions dans le territoire de l'Aoude, plus nous trouvions de pèlerins, de marchands et de voyageurs de toute espèce.

Mes guides, ou plutôt mes gardes du corps, paraissaient joyeux ; à chaque instant, ils rencontraient des associés, et échangeaient des mots d'ordre.

Je crois qu'un crime fut commis par les Thugs, car nous en vîmes deux qui sortaient d'un bois, et qui étaient chargés de dépouilles. Ces meurtres répugnaient à ma nature : j'aspirais à un soulèvement général, et non à des assassinats particuliers qui ne satisfaisaient que les superstitions religieuses de quelques individus. Soit par hasard, soit intention de la part de mes guides, la nuit arriva sans que nous eussions rencontré de bungalow. Il fallut camper en plein air; le lieu de ce campement fut choisi avec beaucoup de discernement par mes guides : c'était une petite colline couverte de bas-fonds où s'élevaient les tiges verdoyantes du riz. Nous étions tous assez bien armés, et les hurlements des bêtes féroces que nous entendîmes à la tombée de la nuit, nous firent comprendre que les précautions étaient nécessaires. Pour mes Thugs, habitués à cette vie de vagabondage, ce n'était pas une affaire très-importante : des buissons épineux ramassés aux alentours, des amas de branches sèches, composèrent bientôt des bûchers autour de notre campement. Du point où nous nous trouvions, on apercevait au loin dans les vallées quelques toits au-dessus desquels s'élevaient des colonnes de fumée. Comme nos provisions étaient à peu près épuisées, quelques-uns de nos gens se rendirent dans ces villages pour les renouveler. Ils nous rapportèrent une nouvelle qui ne laissa pas de m'inquiéter. Les hommes de ces villages, qui transportaient ordinairement des denrées aux cantonnements anglais, racontaient qu'ils y avaient vu un grand remuement et que des détachements de cipayes étaient lancés sur toutes les routes. Nous étions campés dans un lieu trop élevé pour que nos feux, si nous en allumions, ne fussent pas aperçus au loin : aussi, je commandai de doubler l'enceinte des broussailles, et de n'allumer les feux que dans des cas urgents.

Notre repas du soir se fit à la lueur de la lune, qui était alors dans son plein, et si nous entendions les hurlements des bêtes féroces, ils paraissaient s'élever autour des villages que nous avions aperçus.

Mes conducteurs ayant remarqué les inquiétudes que me causait l'arrivée de la nuit, me rassurèrent, en me disant que les secours ne nous manqueraient pas en cas de besoin.

Etrange association que celle à la tête de laquelle je me trouvais par suite des circonstances : partout des secours imprévus, partout des bras prêts à me défendre, et je ne voyais personne que mes guides. Depuis quelque temps il faisait nuit, comme il fait nuit dans l'Inde quand le ciel est clair, lorsqu'une troupe nombreuse vint camper sur le versant oriental de la colline que nous occupions; bientôt des feux brillants s'élevèrent de ce campement, et j'entendis des cris et des éclats de voix.

— Qu'est-ce? demandai-je à un de mes guides;

ces gens campés auprès de nous me paraissent nombreux?

— Ce sont, me répondit-il, des Bils pèlerins qui se rendent à Delhi pour les grandes cérémonies religieuses qui doivent s'y célébrer sous peu : ce sont des frères, dormez en paix.

— Ainsi, me dis-je à moi-même, cette riche terre de l'Inde est livrée à des sociétés de brigands, et à des oppresseurs qui ne savent pas les détruire. J'éprouvai un sentiment de honte, en songeant que je me trouvais le chef peut-être de la plus puissante de ces associations, mais il fallait atteindre à un but; il fallait de toutes ces mauvaises passions faire un faisceau, et l'employer à la libération de l'Inde.

Ma tâche me parut plus que difficile, et je commençais à comprendre que le fanatisme de tant de sectes religieuses ne pourrait être dirigé vers un seul but. Ici, je me trouvais en face de l'élément musulman; comment l'amalgamer avec les nombreux éléments indous?

Nous approchions de Lucknow, lorsqu'un voyageur que je pris pour un pèlerin, après avoir regardé le licol de mon chameau, mit la main sur la bride et me dit :

— Arrêtez!

Mes serviteurs, que je pouvais considérer comme mes gardes du corps, ne manifestèrent aucun étonnement. Alors l'homme qui m'adressait cette interpellation me dit rapidement :

— N'entrez pas dans Lucknow sur cette monture, ni avec ces gens : la police anglaise a placé des agents à toutes les portes; il paraît qu'on a donné votre signalement.

Assez surpris, et comprenant l'importance de cet avis, je sautai à terre, et remplaçai mon turban par un schall de mousseline blanche. Le reste de mon vêtement subit aussi un changement. Je demandai alors à cet envoyé ce qu'il fallait faire pour entrer sans danger dans Lucknow. Il faut, ajoutai-je, que j'y arrive le plus tôt possible.

— Le cercle que vous y avez convoqué, me répondit-il, sera réuni ce soir, à quelques milles de Lucknow; c'est là que vous devez vous rendre dans l'intérêt général.

Il me donna ensuite des renseignements plus détaillés, desquels il résultait que les officiers anglais que j'avais désarmés me signalaient comme un des chefs de la révolte qui avait été révélée au gouvernement de la Compagnie.

Un de nos hommes monta sur le chameau, et avec trois autres qui me restaient encore, nous nous mîmes en route, montés sur nos chevaux, et dirigés par l'envoyé vers le lieu où le cercle devait se trouver réuni vers le commencement de la nuit. Il était dans une pagode abandonnée sur les bords de la Djumna. Le nombre des hommes qui s'y trouvèrent s'élevait à vingt-cinq, tous chefs des cercles de l'Aoude et de Delhi. C'était la première fois que je me trouvais dans une aussi nombreuse réunion de chefs de Thugs : désirant connaître a fond leur but et le plan qu'ils avaient adopté pour l'atteindre, je leur demandai de me l'expliquer.

— Sáib chef, me répondit un vieillard, notre but est de délivrer l'Inde de l'oppression des étrangers; notre plan est de préparer les cipayes bengalais et les populations du nord de l'Inde à une révolte générale. Nous vous prions de choisir entre nous des hommes dévoués pour porter aux campements des cipayes des lotus bleus, et de distribuer dans les villes et villages des gâteaux de farine.

Etonné de ces paroles, je demandai ce que signifiaient ces deux envois.

Il me répondit :

— Pour le peuple des villes et des campagnes, les petits gâteaux de farine sont des symboles universels de communion ; et pour les cipayes, les fleurs de lotus bleu sont consacrées aux divinités vengeresses.

Notre entretien roula ensuite sur nos moyens d'action, et il me fut affirmée que Thugs, Bils et Dacoïtes entraient dans le grand complot contre les étrangers. Leur nombre, autant qu'ils avaient pu s'en assurer, s'élevait à près de trois cent mille hommes. Quant aux populations des villes et des campagnes, on comptait sur leur concours, le jour de la révolte générale; mais, comme la police anglaise était très-active, depuis qu'un premier éveil lui avait été donné, on avait jugé prudent de ne préparer les villes et les campagnes à la révolte que par l'envoi de petits gâteaux symboliques. Le même chef thug ajouta :

— Nous pouvons compter sur un grand nombre de régiments de cipayes, et nous avons un moyen puissant de les entraîner dans la révolte, en faisant appel à leur fanatisme religieux : les nouvelles cartouches qu'on leur a délivrées sont enduites de la graisse des animaux sacrés, et ils ne les mettront pas entre leurs dents pour les déchirer.

Je demandai alors si nous pouvions compter sur la coopération des rois et des princes de l'Inde.

— Que la révolte, me répondit-il, ait d'abord quelques succès, et ils se joindront à nous.

Alors, il me parla de Miroute, de Delhi et d'autres villes, qui enverraient de forts contingents après s'être débarrassées des garnisons et des agents anglais.

— Votre rôle, ajouta-t-il, est de vous rendre à Lucknow sous un déguisement; vous y trouverez une retraite sûre, et chaque soir on vous informera

des progrès de la conspiration, et on vous donnera
des ordres en conséquence.

Le lendemain, j'entrai dans Lucknow avec une
troupe de pèlerins, et au lieu de me rendre aux
établissements publics, j'entrai chez un marchand
gourkas, où ma retraite était préparée. La nuit
suivante, un émissaire vint me prévenir que je
devais sur-le-champ retourner à Delhi, et faire en
sorte de m'introduire dans le palais de l'empereur.

Cette proposition me convenait parfaitement;
d'après les renseignements que m'avait transmis
mon père, dans une des tours qui restait au milieu
des ruines devaient se trouver les trésors enfouis
avant la prise de Delhi par Nadir.

J'en étais là de mon récit, lorsque l'empereur
me demanda avec plus de vivacité que je ne lui en
avais vu jusqu'alors :

— Crois-tu vraiment à l'existence de ces trésors
enfouis?

Le ton avec lequel il me faisait cette demande
était empreint de tant de cupidité, que je ne lui
avouai pas la découverte de ces trésors : je lui répondis que je croyais aux indications données par
mon père, et que les événements qui se préparaient
allaient probablement rendre cette découverte
nécessaire.

— De quels événements veux-tu me parler,

Thimour? Est-ce que les Anglais vont encore res-
serrer le cercle d'espionnage qui m'entoure?

— Tu as des héritiers, lui répondis-je, leur
crois-tu assez d'énergie pour entrer dans un mouvement qui a pour but l'expulsion des Anglais?

Le pauvre empereur réfléchit, et jeta autour de
lui des regards inquiets.

— Parle bas, me dit-il, les hommes qui m'entourent, leurs soins serviles me sont presque tous
suspects. Je suis bien vieux, je ne puis plus prêter
que mon nom, mais dans ma famille il y a des
cœurs généreux et que la pression étrangère indi-
gne : va leur parler, Thimour, ils sont plus en
état de t'entendre et de comprendre tes projets
que moi.

C'est ce que je désirais, et de sa part je me rendis dans la partie du palais occupée par les membres les plus énergiques de sa famille.

J'eus bien soin de ne pas me découvrir à eux
tout à coup; mais en leur parlant des grandeurs
passées de leur famille, je les comparai à l'état
présent, qui ne leur laissait que l'apparence d'une
famille impériale.

— Que voulez-vous, me dit l'un d'eux, dont le
visage était couvert de la rougeur de la colère :
notre famille est destinée à s'anéantir comme
celles de tant de rajahs de l'Inde : ce sont nos
compatriotes eux-mêmes que l'on a armés contre

nous, et qui achèveraient notre ruine : les cipayes ne sont-ils pas dans les rangs de l'armée anglaise?

— Et s'ils les abandonnaient, lui objectai-je avec vivacité, les Anglais n'auraient-ils pas discipliné des hommes contre eux-mêmes? Mes auditeurs, ils étaient trois, se regardèrent avec étonnement. Enfin, le plus âgé me demanda sur quoi étaient fondées mes espérances sur la révolte des cipayes. Alors, sans leur faire connaître le rang que j'occupais dans l'association des Thugs, je leur dis que dans le cours de mes voyages à travers l'Inde, j'avais trouvé presque partout l'impatience du joug anglais, et que cette impatience éclaterait le jour où une révolte sérieuse permettrait d'espérer la réhabilitation de l'Inde. Il y a, ajoutai-je, des éléments qui peuvent faire espérer le succès.

Trois grandes associations existent déjà, et que de grands noms se mettent à leur tête, le petit nombre d'Anglais qui dominent nos contrées sera anéanti en peu de jours. Tenez, ajoutai-je, les hommes des familles impériale et royale, ainsi que ceux des amirs, sont devenus les pensionnaires de la Compagnie anglaise : quels que soient les soins dont on paraît les entourer, quelle que soit l'apparence de grandeur qu'on leur laisse, ne se sentent-ils pas liés dans un cercle qui les enserre de plus en plus? Tous n'ont pas oublié les grandeurs de leurs pères; tous ne sont pas tombés dans une mollesse énervante; et vienne le jour de la lutte, ils se réveilleront au souvenir du passé. Vous, Thimourides, vous trouveriez-vous incapables de résister aux cris de la patrie renaissante?

J'avais frappé juste ; je leur exposai alors ce que je crus convenable de leur faire connaître des grandes associations qui se disposaient à se lever pour briser la domination anglaise. Une conversation presque ardente s'en suivit, leurs questions se renouvelaient avec rapidité. Enfin, ils me demandèrent :

— Croyez-vous à la réalité de ce que vous venez de nous exposer?

— Princes, leur répondis-je, si je n'y croyais pas je ne vous en aurais point parlé, je ne vous aurais pas entretenus du passé, pour vous faire mieux sentir les amertumes du présent : si la lutte s'engage, êtes-vous prêts à y prendre part?

— Oui, me répondirent-ils avec chaleur; mais l'empereur, à cause de son âge, est condamné à l'abstention.

— C'est vrai, leur répondis-je, mais son nom sera représenté par vous, et la ville de Delhi tout entière prendra les armes pour vous soutenir Soyez discrets; ne laissez percer aucune espérance ni sur vos visages ni dans vos paroles; vous êtes entourés d'agents anglais qui vous espionnent, et dont la surveillance redoublera, si mes pressentiments ne me trompent pas. Sondez adroitement les sentiments du petit nombre d'Indous qui vous entourent, et, sans les initier à vos secrets, assurez-vous de leur dévoûment.

Nous nous séparâmes, eux rêvant un passé évanoui, et moi persuadé que j'avais fait un grand pas en faveur de la révolution que je voyais sur le point d'éclater. En me retirant, je remarquai qu'un des serviteurs du résident gouverneur me suivait presque pas à pas. Je pris le parti de l'aborder, et lui demandai si mes services comme médecin pouvaient lui être utiles. Il me répondit que le gouverneur avait reçu des messages qui l'avaient transporté de fureur, et que son entourage croyait la présence d'un habile médecin nécessaire.

CHAPITRE VII. — VI° NUIT.

Je ne remarquai pas d'abord que cet homme, en me parlant, pressait ses mains l'une contre l'autre, et me faisait les signes de l'association des Thugs. Je répondis à ses signes par ceux qui m'étaient connus, et aussitôt il éleva les mains au-dessus de sa tête et me dit :

— Saïb, j'ai des communications importantes à vous faire ; mais auparavant rendez-vous chez le résident gouverneur : tâchez de prendre connaissance des nouvelles qui lui sont arrivées, et indiquez-moi le lieu où je pourrai vous rejoindre ce soir.

Il me conduisit à la résidence, où je fus introduit sur-le-champ. Le gouverneur était un homme de cinquante et quelques années : sa face colorée annonçait un tempérament sanguin. Il paraissait livré à une violente surexcitation. A peine daigna-t-il faire attention à moi. Je me tenais discrètement à quelque distance, sans chercher à me mêler à la troupe des officiers qui l'environnaient. Enfin on songea qu'on avait demandé un médecin, et que ce médecin était présent. Je m'approchai, et sur une petite table ronde, qui se trouvait devant le gouverneur, presque enfoui dans un fauteuil bien capitonné, je vis plusieurs lettres étalées. Ce fut presque avec répugnance qu'à ma demande, le résident étendit le bras pour que je pusse lui tâter le pouls. Il était vif, mais non régulier; il m'annonçait un esprit irrité, et incapable de se modérer. Tous les yeux étaient fixés sur moi : je laissai retomber le bras sur les coussins, et me tournant vers les assistants, je leur dis froidement :

— L'irritation est profonde, un coup de sang peut enlever le résident, mais je ne puis connaître la cause de cette exaltation.

— La voilà, me dit un jeune officier, en m'indiquant des papers étendus sur la table.

Il eût été peu politique de ma part de demander à en connaître le contenu, quoique je désirasse vivement en être informé.

— Pourquoi, lui dis-je, voulez-vous que je prenne lecture de ces papiers? l'anglais m'est à peine connu. Veuillez m'en faire le résumé.

Il me tira alors par la manche, et me conduisit près d'une fenêtre ouverte sur le jardin.

— Vous êtes Indou, me demanda-t-il; dans quelle circonscription de l'Inde êtes-vous né? à quelle caste appartenez-vous?

— Je suis né dans le Gondawa, lui répondis-je, et je n'appartiens à aucune des castes des Indous.

Cette réponse parut le satisfaire.

— Alors, me dit-il, je puis vous parler franchement. On reproche au résident gouverneur de laisser propager des bruits qui ne tendent à rien moins qu'à un soulèvement général contre la Compagnie. Il paraîtrait que des agents invisibles parcourent les villes, les villages et les campements, et préparent les esprits au soulèvement. Ces reproches ont d'autant plus irrité le résident gouverneur, qu'il n'a découvert aucun indice de complot, et que cependant la Compagnie l'accuse de négligence.

Ce jeune homme avait rompu avec la morgue anglaise; et, satisfait de l'attention que je prêtais à ses paroles, il continua ainsi :

— On dit que la Perse a des agents musulmans qui cherchent à fomenter le fanatisme de l'islam parmi les populations musulmanes, dont grand nombre forment les troupes anglaises dans ces contrées; d'un autre côté, on croit avoir des données suffisantes pour soupçonner la Russie d'employer ses agents non-seulement parmi les populations boudhiques, mais encore parmi les banians et les autres, sur lesquels les relations avec la Russie permettent d'avoir de l'influence.

Il n'avait pas prononcé le nom des trois associations indoues que je voulais aider à préparer au soulèvement; aussi me gardai-je bien, dans les réponses vagues que je lui fis, d'attirer son attention vers ces associations.

— Et vous ne comprenez pas les trois associations qui couvrent l'Inde, et qui apporteront un concours puissant à la revendication des droits des Indous.

— Si, me répondit-il; mais le gouvernement de la Compagnie croit les avoir tellement enserrées, qu'elles ne peuvent avoir une association commune, et que leur action se réduira à étrangler, voler et piller, comme elles l'ont fait jusqu'à ce jour.

Je ne fis aucune objection; le gouvernement anglais se trouvait dans une entière ignorance d'ennemis formidables. Je me rapprochai du résident gouverneur, et je vis que son état devenait de plus en plus alarmant.

— Je ne prends pas sur moi, dis-je à ceux qui

l'entouraient, d'apporter un remède que les circonstances me semblent nécessaire : appelez son
médecin ordinaire, et nous nous concerterons ensemble.

Ce n'était pas au résident gouverneur que je
pensais; un homme de plus ou de moins dans
ceux que nous voulions exterminer, ne me paraissait pas d'une haute importance. Son médecin
arriva; son opinion fut de lui faire extraire une
grande quantité de sang; je ne le pensais pas intérieurement; des transpirations abondantes, sous
un climat brûlant, appauvrissent assez le sang,
sans l'atténuer par d'abondantes saignées. J'émis
mon opinion en conscience; ne la voyant pas
adopter, je me retirai.

Il me tardait de joindre l'homme avec qui
j'avais eu un court entretien dans la journée, et je
m'acheminai vers le lieu fixé pour notre rendez-
vous. Il s'y trouvait, et là j'appris que la conspiration contre les Anglais avait des ramifications
dans toute cette partie de l'Inde.

Des prophéties annonçaient que la domination
anglaise allait bientôt cesser, et du fond du Pundj-
jaub et de l'Assam, des rives nouvellement conquises du Goumty comme dans les gorges sauvages du Bundelcond, circulait une agitation
fébrile dans les veines de la population et dans les
rangs de l'armée. Toutes les grandes réunions,

solennisant les anniversaires religieux du brahmanisme et de l'islam, à Hurtwar et à Djaggernau, aussi bien qu'à Mourchédabad et à Lucknow, aux fêtes d'Aly et d'Hussein, aussi bien qu'à celles de Rama et de Krichna, des paroles menaçantes circulaient entre musulmans et indous, et des mots d'ordre étaient échangés. Des agents actifs, nombreux, insaisissables, transmettaient de village en village, de cantonnement en cantonnement, des messages mystiques, des emblèmes mystérieux de ralliement et de conjuration.

Instruit de toutes ces choses, et comprenant que la conspiration devenait générale, je compris que les trésors trouvés dans la tour de Delhi pouvaient servir à l'accomplissement de mes projets.

La même nuit, sans me rendre auprès du vieil empereur, je donnai le signal aux affidés qui se tenaient à mes ordres.

Quand ils furent réunis, je me rendis à la tour, je fis enlever la dalle de marbre, et retirer du souterrain les trésors qu'il contenait. Un des grands vases de terre renfermait des pierreries d'un prix inestimable ; je pris les plus précieuses, les renfermai dans un ceinturon en cuir, dont je ceignis mes reins : je fis porter deux vases de terre aux princes thimourides, et chargeai mes agents de distribuer le reste aux associations des Thugs, des Dacoïtes et des Bils, en leur déclarant que je voulais que ces richesses fussent employées à l'achat des armes.

Quand je rentrai dans ma demeure, je me livrai à mes réflexions, et j'avoue que ce ne fut pas sans appréhension que je vis des étrangers, tels que les musulmans et les agents de la Russie, mêlés aux efforts de la population indoue pour reconquérir son indépendance.

Il fallait mettre en jeu tout ce qui peut soulever les populations, le fanatisme surtout, et l'éloignement du joug anglais. Le fanatisme trouvait un excitant dans les nouvelles armes mises entre les mains des cipayes. Ces armes étaient des carabines françaises dites Minier, et les cartouches qui leur convenaient devaient être graissées avec de l'huile et de la graisse de mouton.

Il fallait persuader aux cipayes indous que cette graisse était celle de bœuf, et aux cipayes musulmans qu'elle était de porc. Comprenant bien le résultat que je pouvais obtenir de ces deux déclarations, j'envoyai des agents dans tous les cantonnements anglais avec ordre de faire comprendre aux cipayes des deux cultes qu'ils violaient leur religion, en se servant des nouvelles cartouches. Je songeai ensuite à me mettre en rapport avec les agents russes et persans, et à étendre notre propagande parmi les cipayes des deux cultes.

L'heure de me rendre auprès du vieil empereur était arrivée, et lorsque je l'approchai, je remarquai sur son visage une émotion extraordinaire.

— Viens, me dit-il à mi-voix, parle bas, car je suis espionné : c'est ce que les princes m'ont fait savoir ce matin.

Alors je compris qu'ils en avaient dit au vieillard plus que je ne désirais qu'il sût, et me baissant à son oreille, je lui dis :

— Je vais reprendre mon récit, et le ferai à voix ordinaire. C'est ce qui convient, si nous sommes espionnés.

Alors, au lieu de l'entretenir des affaires graves qui se préparaient, je lui fis le récit suivant :

Depuis plusieurs années, je visitais les ruines qui pavent pour ainsi dire le sol de l'Inde, lorsque j'arrivai dans les environs de Bombay, à une ile peu distante du continent : c'est là, m'avait-on dit, que se trouvaient les ruines d'Elephanta et de Salcette. Sur une petite île, ou plutôt un îlot couvert de bois magnifiques et de rochers, sont creusés les monuments d'Elephanta, qui doit ce nom à un éléphant de pierre sculpté, non loin du lieu du débarquement. Cet éléphant a presque trois fois les dimensions d'un éléphant ordinaire; le temps l'a fortement détérioré. Il porte sur son dos un animal qu'on croit être un tigre, mais dont la forme n'est plus distincte, de manière que je ne puis affirmer si c'est ce carnassier. De la petite plaine qui domine ce monument ruiné, un sentier roide et étroit, serpentant sous d'épais ombrages et le long de profonds précipices, conduit au sommet de l'île. Aux deux tiers de la hauteur, il aboutit sur une magnifique esplanade, devant la grande caverne qui a rendu le nom d'Éléphanta si célèbre.

J'avais entendu bien des fois parler pompeusement de ce temple creusé dans le roc; mais, quelle que fût mon attente, la réalité la surpassa de beaucoup. Les dimensions de ce souterrain me parurent plus vastes, ses proportions plus nobles, ses sculptures plus élégantes que je n'avais osé l'imaginer. Les statues, même les colossales images qui s'élèvent de chaque côté des sanctuaires, ou chapelles creusées latéralement à la nef principale, sont exécutées avec une hardiesse naïve, et avec une grâce qui perce encore à travers leur état de vétusté et de dégradation. Ce souterrain est creusé dans un calcaire peu dur et facile à fouiller, et les pluies périodiques des tropiques ont rapidement décomposé ces sanctuaires. L'accumulation et le séjour de l'eau dans l'intérieur du monument y ont causé d'irréparables dégâts; la base d'un grand nombre de piliers a été minée, exfoliée, fendue, et de quelques-uns il ne reste plus que les

chapiteaux et une partie des fûts appendus à la
voûte comme de gigantesques stalactites.

Comme tous les monuments indous, celui-ci est
sans date ; il y a bien au fond de la caverne un
énorme buste à trois visages, qui s'élève du bas
au plafond du temple, et dans lequel on a voulu
longtemps voir une image de la Trimourti ou
Trinité indoue, que composent Brahma, Vichnou
et Civa : mais on sait que Civa, aux légendes
duquel se rapportent uniquement les bas-reliefs et
ornements du souterrain d'Elephanta, fut très-
anciennement représenté avec trois visages, alors
que, divinité suprême des Smastras, tribus de la
côte de Cambodje, il concentrait en lui seul, au
sommet de l'Olympe orgiaque de ces peuples
kouchites, le culte et les attributions que plus
tard, après une lente élaboration de syncrétisme
religieux entre les populations superposées dans
l'Inde, il fut obligé de partager avec Brahma, le
dieu des prêtres aryans, et Vichnou, le patron des
Kchatrias. (*Inde contemporaine*. DE LANNOYE).

Je pénétrai dans ces cavernes, laissant à l'entrée
principale trois de mes serviteurs, et suivi d'un
seul j'entrai dans ces longues galeries, dont une
des allées est bordée des deux côtés par des
éléphants énormes, sur le dos desquels reposent
les colonnes qui semblent soutenir les voûtes de
l'édifice. Passant d'étonnement en étonnement, et

frappé de la splendeur solitaire de ce monument,
j'arrivai au fond, où je pus remarquer une grande
image à trois têtes. Le jour ne me permit pas d'en
faire un examen détaillé, et soit lassitude, soit
l'influence qu'exerçait sur moi ce monument qui
remontait au-delà des temps historiques, je m'assis
dans un lieu assez élevé, et posant mon menton
sur ma main, ayant le coude appuyé sur un tron-
çon de colonne, je me laissai aller à une étrange
rêverie. Peu à peu je sentis le principe de vie
remonter tout entier à mon cerveau, j'oubliai le
reste de mon corps étendu sur une dure couche de
pierre : tout à coup, une lueur intérieure illumina
mon esprit, mes yeux acquirent une lucidité sur-
humaine, et leurs regards percèrent l obscurité et
se promenèrent sous toutes ces voûtes : les rangées d'éléphants parurent s'animer, leurs trompes
parurent se redresser, et chose merveilleuse! une
grande ombre s'avança entre les deux rangées.
C'était celle d'un homme : les vêtements dont il
se trouvait couvert ressemblaient à ceux dont les
personnages tracés sur la pierre se trouvaient eux-
mêmes couverts.

Il s'approchait lentement et majestueusement
de moi : sa main s'appuyait sur un long bâton
recourbé, semblable à la houlette dont sont armés
les pasteurs indous. Je sentis le frisson dresser
mes cheveux sur la tête, mais je ne pouvais détour-

ner mes regards de cette étrange apparition. Déjà l'ombre était près de moi, et sans qu'il prononçât une seule parole, je compris ce qu'il allait me dire : ses lèvres ne remuaient point, et ses paroles m'arrivaient comme des rayons, et se peignaient dans mon cerveau.

— Etranger, me disait-il, fils du temps présent, tu viens visiter les monuments des hommes qui t'ont précédé sur la terre, il y a tant de siècles que les générations actuelles ne peuvent les compter. Oui, des peuples ont apparu sur cette terre de l'Inde, où ils ont poussé les arts à un point qu'ils n'ont plus atteint. Dans ces temples creusés dans le roc vif, par des milliers d'ouvriers, durant près d'un siècle; dans ces temples, les cérémonies les plus saintes, les plus capables d'élever l'esprit des hommes vers la source éternelle de vie, ont été célébrées dans toutes leurs pompes.

Les dieux que les Indous ont adorés depuis, dont le principal est Brahma, n'appartenaient pas aux croyances de l'Inde d'alors, mais nous ne connaissions qu'un seul et unique Dieu, celui que nous appelions l'Eternel, l'Universel, le Créateur, le Conservateur et le Destructeur. Nous ne lui élevions aucune statue, l'infini et l'Eternel ne peut être représenté ; mais, pour parler aux yeux des peuples, nous étalions devant eux des images comme celle que tu vois. La tête la plus élevée

était ceinte d'un bandeau de toile : c'était le symbole de l'Infini régnant sur la terre et dans les
cieux. Celle qui est à sa droite avait pour bandeau
un serpent qui mordait sa queue, symbole de la
vie qui circule dans tous les êtres et qui revient à
sa première nature. La tête de gauche était surmontée d'un croissant, et un des bras armé d'un
sabre tranchant; elle symbolisait la mort, et des
âmes s'élevant dans les sphères supérieures.

Le temps et les ravages des hommes ont fait
disparaître ces emblèmes : leur souvenir s'est
perdu dans la mémoire des générations, et des
peuples aryans descendus en envahisseurs des
hauts plateaux de l'Asie, introduisirent de nouveaux dieux et les castes, qui, en parquant les
hommes comme des troupeaux, arrêtèrent l'intelligence et étouffèrent les souvenirs de l'Inde
primitive et libre.

Je vois ce que tu veux me dire; mais tu n'as
pas, comme moi, la faculté de faire rayonner ta
pensée : je vais y répondre en principe : l'organisation des castes eut pour but de limiter les ambi-
tions, et par suite les désordres. La caste brahmanique, ayant seule le droit d'interpréter les livres
canoniques, de régler les mouvements politiques,
en un mot d'assumer toute la puissance, réduisait
les castes inférieures à des rôles tellement secon-
daires, que toute ambition était éteinte en elle. Il

résulta de cette organisation des populations dont l'immense majorité, circonscrite dans les castes, ne pouvait plus que vivre en travaillant, en défendant la caste supérieure, mais n'aspirant jamais à s'élever.

De là résultait une extinction totale d'intelligence et d'initiative chez les classes inférieures. De là encore résulta la facilité à tous les conquérants de s'emparer de l'Inde. Les trois quarts de la population n'avaient plus de patrie, et se soumettaient aveuglément à la force. Un roi macédonien s'empara d'une partie de l'Inde : à sa mort, ses vastes Etats se partagèrent entre ses généraux, et durant treize siècles l'Inde put respirer; mais en l'an mille de l'ère vulgaire, Mahmoud le Gazvénid conquit la majeure partie de l'Indoustan, la traita avec la dernière cruauté, et détruisit autant que possible la forme du gouvernement institué par Brahma. Koutoub, un de ses généraux, fonda la dynastie afghane nommée Patane par les Indiens. Thimour (Tamerlan) parcourut l'Inde en 1398, et n'eut besoin que de cinq mois pour acquérir le titre de prince destructeur. Ces Mongols pillèrent Delhi, et après avoir commis les plus infâmes cruautés, se retirèrent chargés d'un immense butin. Pendant ces invasions terribles, plusieurs tribus indiennes de la caste guerrière se retirèrent dans les montagnes et y formèrent des Etats indépendants qui, grâce à leurs retraites inaccessibles, maintinrent leurs libertés. Ces peuples devinrent dans les temps modernes, à leur tour, de formidables conquérants; c'est là l'origine de l'indépendance des Mahrattes, des Sikes et d'autres peuples de l'Inde. Baber fut le premier souverain indien à qui on donna en Europe le titre de Grand-Mogol. Son fils, Humayoun, ne sut pas conserver les conquêtes de son père, fut chassé de ses Etats et remplacé par Férid, de la nation des Patanes. Ce fut un bon prince. C'est à lui que l'on doit la construction des grandes routes du Bengale à l'Indus, des plantations, des postes et des hôtelleries pour les voyageurs. Le roi de Perse, à sa mort, remit Humayoun sur le trône. Il eut pour successeur son fils Akbar, illustre par sa valeur, sa sagesse et sa justice : il soumit le Bengale, agrandit son empire au sud et au nord, et le porta au comble de la splendeur. Mais tout fut troublé par son petit-fils Aurenjzeb : il déposa son père, et opprima son peuple par toute espèce de vexations.

Trop faibles pour défendre un aussi vaste empire, les successeurs d'Aurenjzeb le virent, dans l'espace de cinquante ans de guerre, réduit à l'état le plus déplorable. Nadir, schah de Perse, emporta sans peine les immenses trésors de Delhi, mais il en perdit une partie en traversant les déserts. Ce fut alors qu'apparurent les nations européennes

qui se chassèrent les unes les autres, s'emparèrent
de diverses places, et acquirent des accroissements
aussi rapides que considérables. Les Français,
pour lesquels l'Inde était ouverte furent remplacés
par la Compagnie anglaise, qui la domine aujourd'hui tout entière. (MALTE-BRUN, *Géogra-
phie.*)

Ces détails ne t'étaient connus que vaguement,
voilà pourquoi je les ai fait succéder rapidement
sous les yeux de ton intelligence.

Une tentative nouvelle de révolutionner l'Inde
est entreprise par toi et par quelques princes, sans
valeur personnelle, sans moyens d'actions. Tu
pèseras dans cette tentative de tout le poids d'une
puissante organisation de malfaiteurs, mais..... la
connaissance de l'avenir n'appartient qu'à Dieu
seul; la destinée t'emporte, et tu connaîtras bientôt le sort qui t'est réservé.

A ces mots, il disparut.

CHAPITRE VIII. — VII° NUIT

Signal. — Avertissement de se rendre à la réunion dans le pavillon de Nadir. — Délibération. — Retour au palais. — Arrivée des officiers anglais. — Arrêtés dans un bungalow. — Retraite nécessaire. — Le banian. — Escorte pour se rendre à la conférence des princes. — Ils pensent que les Russes vont envahir l'Inde. — Opinion de l'auteur. — Son départ pour Miroute. — Dispositions des cipayes et des populations. — Réflexions. — État de la conspiration et ses espérances.

J'en étais là de mon récit, lorsqu'un léger sifflement se fit entendre dans la partie du jardin voisine du palais. Ce signal était convenu entre moi et l'affilié attaché à l'intendant gouverneur. Je pris congé de l'empereur, qui m'engagea à voir les princes dans le courant de la journée : ce pauvre vieillard était inquiet de l'attitude qu'il prendrait, et surtout du caractère exalté de l'un d'eux.

Ce fut au milieu des ruines d'un pavillon, sur le bord d'un bassin à sec, à l'ombre des mimosas, que je trouvai le Thug.

— Saïb, me dit-il, les principaux du cercle

vous attendent cette nuit dans le pavillon de Nadir; des nouvelles importantes sont arrivées de tous les points de l'Inde, on veut vous les commuquer.

Sans perdre de temps, nous nous rendîmes au pavillon de Nadir : tout était silencieux autour de nous, et ce silence était interrompu par intervalles par les glapissements stridents des chacals et les sourds grognements des hyènes.

— Ils ne se trouveront pas au rendez-vous, dis-je à mon conducteur.

— Venez, Saïb, me répondit-il.

Le pavillon était entouré d'arbres et d'arbrisseaux qui ne laissaient visible que son sommet : nous avions déjà atteint sa base, lorsque des hommes qui se tenaient immobiles comme des statues sur les gradins, se dressèrent tout à coup devant moi; ils me firent le salut des affiliés, et entr'ouvrant une porte, ils m'introduisirent dans un assez grand salon.

— Chef, me dit le plus âgé, nos relations se sont étendues depuis les rampes de l'Hymalaya jusqu'aux portes de Caïcutta. Toutes les nouvelles sont favorables dans le Bengale, mais les contrées habitées par les Bils n'ont encore fait aucune réponse à nos émissaires : les musulmans sont tout prêts à nous seconder, et lorsque l'affaire sera engagée, des bandes venues de l'Afghanistan tranchiront les montagnes, et viendront se joindre a nous. Quant aux Russes, plus éloignés, des marchands venus de la haute Asie nous assurent que leurs troupes sont déjà en marche avant que les Anglais aient pu réunir leurs troupes et comprimer les premières tentatives de soulèvement.

— C'est bien, leur dis-je ; mais quand on veut chasser les kafirs (étrangers) qui occupent les positions les plus formidables de l'Inde, qui commandent aux rajahs et aux amirs devenus leurs pensionnaires, qui ont des armes et une artillerie à toute épreuve, il ne faut pas s'aventurer sur des rapports presque toujours exagérés. Voici le plan que je vous propose et que vous serez obligés d'adopter, parce que nous n'avons point d'armes, point d'artillerie, et que compter sur celles que pourraient nous livrer les cipayes révoltés, c'est compter sur l'inconnu. Je ne vous le cache point, l'admission des sectateurs de l'islam et des troupes russes dans nos rangs me paraît un danger réel.

Admettons qu'avec leur aide nous puissions faire reculer les Anglais jusqu'au bord de la mer, musulmans et Russes se disputeront alors la possession de l'Inde, et nous serons les victimes de ces luttes ambitieuses. Demandez à vos pères ce qui nous est advenu à la suite des auxiliaires ; ils vous diront que l'Inde s'est soulevée, non pour devenir libre, mais pour changer de tyrans :

comptez les principautés occupées aujourd'hui par les restes des musulmans, des Mahrates et des Sickes. L'Inde avait pourtant versé le sang de ses enfants pour se débarrasser des étrangers, et l'Inde n'a changé que de tyrannie. J'y ai long-temps réfléchi, et je suis persuadé que si nous tentons un soulèvement sans être assurés du concours de tous les princes et autres stipendiaires de la Compagnie anglaise, nous échouerons misérable-ment, et nous ne laisserons que nos cadavres à dévorer aux carnassiers.

Ces paroles avaient soulevé quelques murmures; je m'y attendais, et je leur dis :

— Nous sommes ici pour délibérer, et chacun de nous doit exprimer librement son opinion. J'ai parlé, prenez la parole à votre tour.

Alors le plus ancien, qui avait parlé le premier, me demanda s'ils ne devaient pas conclure de mes paroles que je jugeais le soulèvement inopportun : fallait-il y renoncer ou attendre ?

— Non, répondis-je vivement; mais il faut le préparer, le rendre si formidable et si subit, que toutes les forces anglaises soient écrasées en peu de jours. A peine la Compagnie anglaise compte seize mille hommes de troupes européennes, et les Indous auxquels ils commandent dépassent le nombre de cent cinquante mille : je ne parle point de notre grande association, ni de celle des

Dacoïtes, sans mentionner les Bils, puisque vos émissaires ne les ont pas trouvés disposés au soulèvement : mais nos deux associations peuvent réunir cent mille hommes, d'autant plus précieux que l'Inde leur est parfaitement connue; que pénétrant partout, ils pourront affilier les cipayes armés, nous faire connaître le nombre des troupes anglaises dans les différents campements et les dispositions des rajahs et des amirs.

Ces paroles satisfirent pleinement mes auditeurs.

— Nous nous mettons complètement à vos ordres, nous dirent-ils. Indiquez à chacun de nous ce qu'il aura à faire, et nous l'exécuterons scrupuleusement.

Satisfait de ces réponses, je leur exposai un plan détaillé.

— Chacun de vous, leur dis-je, est à la tête d'un cercle; ces cercles embrassent une partie de l'Indoustan; vous vous entendrez avec les chefs des autres cercles qui n'ont pu se réunir ici, et voici les ordres que vous leur communiquerez :

Envoyer des agents dans tous les lieux où se trouvent des cantonnements anglais, dans toutes les villes où se rend la plus grande quantité de pèlerins. Introduire de ces agents à la cour des petits rois et rajahs; y former des affiliations; savoir le nombre d'hommes qu'ils pourraient

mettre sous les armes, et aussi celui que les
Anglais tiennent en stations auprès d'eux ou aux
alentours ; et, sans annoncer un soulèvement prochain, y préparer les esprits en semant des bruits
alarmants.

Les préjugés religieux offriront les mobiles les
plus puissants dans les contrées où les troupes de
la Compagnie seront en majeure partie composées
de musulmans ; faire comprendre aux cipayes
qu'au mépris de leurs lois et des commandements
du prophète, on leur donne des cartouches ointes
de graisse de porc, et que cette première atteinte à
leurs règlements religieux obtenue, on finira par
glisser de la graisse de porc dans leurs aliments
mêmes. Dans les cantonnements où l'élément
indou domine, ne pas parler seulement de graisse
de porc, mais encore de celle de mouton et de
bœuf. Faire ressortir ce qu'il y a d'insultant pour
eux et d'impie en se nourrissant sous leurs yeux
des viandes des animaux sacrés. Enfin, répandre
le bruit que d'antiques prophéties, après avoir an-
noncé que l'Inde tant de fois foulée par les étrangers asiatiques, se relèverait enfin de son abaisse-
ment, après environ un siècle d'oppressions et
d'insultes de toute nature exercées sur elle par un
peuple venu d'au-delà de la mer, d'une arrogance
et d'une avidité insatiables.

Ces semences de discorde et d'aversion sont

comme celles que vous confiez à la terre : il faut qu'elles germent, qu'elles se développent, et qu'elles mûrissent. Alors le temps de la moisson sera venu, et les moissonneurs s'armeront pour la faire. Ceci veut dire que, loin de renoncer au soulèvement, je le prépare, pour qu'il porte tous les fruits que j'en attends.

Je resterai à Delhi le temps nécessaire pour m'assurer de la coopération des princes, car pour le vieil empereur, il ne faut compter sur son assentiment que le jour où la révolte aura besoin de son nom. Allez donc, conformez-vous au plan que je viens de vous développer; travaillez activement, augmentez le nombre des affiliés, préparez les esprits à quelque grand événement, et dites que lorsque les gâteaux seront répandus dans les campagnes, et les lotus bleus dans les cantonnements anglais, les temps seront proches, et que le jour où le mot Rham parcourra l'Inde, depuis Calcutta jusqu'aux monts Hymalaya et depuis les Soleymans jusqu'au Brahmapoutra, alors l'heure sera sonnée, et tous les véritables Indous attachés aux croyances de leurs pères devront se lever et massacrer les étrangers.

Nous nous séparâmes, et je rentrai dans l'appartement du palais qui m'était assigné comme médecin. Plein d'espérance, je me jetai en vain sur le divan pour y trouver quelque repos; mais mon esprit surexcité cherchait à pénétrer le prochain avenir, à trouver des moyens nouveaux pour le rendre tel que je le désirais. Le flottement d'une tapisserie attira mon attention ; je n'eus que le temps de me dresser, et déjà deux hommes étaient devant moi. Je reconnus aussitôt mon affilié attaché au résident gouverneur, mais un grand voile de mousseline blanche cachait le visage du second. Aux respects que lui témoignait l'affilié thug, je soupçonnai que c'était un grand personnage.

Je ne me trompais pas ; c'était celui des trois princes qui, dans l'entrevue que nous avions eue ensemble, avait montré plus d'énergie et de détermination.

— Saïb, me dit-il, je sais que tu as été cette nuit à la réunion qui s'est tenue dans le pavillon de Nadir : tu nous as déjà communiqué tes projets, nous nous y sommes associés d'espérance et de cœur, et je viens te demander ce qui s'est passé dans cette réunion, et ce qui a été arrêté.

L'affilié thug s'était respectueusement retiré vers une fenêtre d'où l'on pouvait embrasser une partie des bâtiments occupés par le résident anglais, et la cour intérieure, autour de laquelle la garde du résident avait ses casernements et ses dépôts d'armes et de munitions. Je fis alors au prince un récit détaillé de ce qui avait été dit dans la réunion; je lui exposai mon plan, et lui dis que les trésors que j'avais cachés moi-même, après les avoir fait extraire du lieu où ils étaient enfouis, étaient à sa disposition, mais qu'il devait en taire l'existence, à cause de la rapacité anglaise.

Notre conversation, déjà assez prolongée, fut interrompue par l'approche respectueuse du Thug : ce ne fut pas au prince qu'il s'adressa, mais à moi :

— Saïb, me dit-il, une troupe de cavaliers vient d'entrer dans la cour de l'intendance, et parmi eux j'ai remarqué des officiers anglais que vous avez mis dernièrement à la raison : prenez garde, vous avez blessé leur morgue, et s'ils vous reconnaissent, vous serez enlevé et conduit dans une de ces prisons où les Anglais renferment les personnages qui leur inspirent de l'inquiétude.

Ces paroles m'émurent; moi de moins, mon plan et sa réussite échouaient. Je communiquai mes inquiétudes au prince; il les partagea, et il fut résolu que je quitterais le palais et chercherais une retraite dans la partie de Delhi où résidaient les étrangers.

Cette retraite m'était déjà connue; la veuve que j'avais soustraite au bûcher, et que j'avais placée chez un banian de nos affiliés, occupait un appartement dans les bas quartiers de la ville. Je pris donc un déguisement, et franchissant les anciens remparts ruinés, je me rendis chez le banian. Là, en sûreté, j'attendis les renseignements que ne tarderait pas à me donner mon affilié auprès du résident. Mon absence avait été remarquée, et le récit des officiers anglais, récit exagéré comme toujours dans leur bouche, représentait l'homme qui les avait désarmés au bungalow comme un des chefs de la conspiration dont on entretenait la Compagnie anglaise depuis quelque temps.

Tout fut bientôt calmé. Aucun indice de révolte ne se trouvait révélé dans Delhi, où tout paraissait calme et soumis.

Cependant, notre association se mouvait avec une étrange activité; nos agents parcouraient les campagnes de tous côtés, et grand nombre d'entr'eux avaient pu pénétrer dans les campements anglais, à l'aide de cette multitude de serviteurs que les officiers traînaient après eux. Les cipayes, quoique indolents, et rentrant pour ainsi dire dans la vie ordinaire après leur service, se réunissaient extraordinairement, et se communiquaient entre eux leurs pensées et leurs espérances. Deux choses principales nous manquaient : des armes et des munitions, et sous la surveillance anglaise, bien que nous eussions de l'or pour nous en procurer, il était impossible de le faire sans attirer leur attention, et sans entraver nos projets.

Il ne fallait donc compter que sur les armes et

les munitions que nous enlèverions dans les campements anglais, et dans les forts et les villes fortifiés par eux.

Cela ne me paraissait pas impossible, si le soulèvement avait lieu avec ensemble et au même jour : mais les distances étaient si grandes, qu'il fallait beaucoup de temps avant que tout fut prêt, et mes Thugs seuls, voyageant comme pèlerins, pouvaient transmettre les ordres et indiquer le jour du soulèvement, sans attirer l'attention du gouvernement anglais.

Je pris le parti de me rendre à Lucknow, toujours sous les habits d'un pèlerin, puis à Miroute et dans les autres villes où ma présence me parut nécessaire. Ma caravane était petite et ne devait attirer aucunement l'attention : je montais un chameau, et avais pour toute suite six Thugs déterminés et un certain nombre de serviteurs indous. Mais, avant mon départ, je voulus avoir un entretien avec les princes seuls, car il eût été dangereux pour sa personne de chercher à revoir le vieil empereur; quoique mon rôle à sa cour fût minime, cependant ma disparition avait causé quelque trouble dans l'entourage du résident. Mon affilié vint me trouver la nuit suivante et je le chargeai de prévenir les princes qu'avant mon départ je voulais avoir un entretien particulier avec eux, dans le pavillon de Nadir.

La journée finissait lorsque mon associé vint, sous prétexte d'achats, chez le banian, et me dit que les princes se rendraient à dix heures du soir dans le pavillon désigné.

— N'y venez pas seul, me dit-il, car les chacals et les hyènes parcourent les ruines de l'ancienne ville durant les ténèbres; ne prenez pas d'armes à feu, leur explosion attirerait la garnison anglaise, et compromettrait les princes ainsi que vous. De leur côté, ils se rendront au rendez-vous bien armés, et escortés de serviteurs fidèles : le seul trajet où vous ayez quelque chose à craindre se fera dans les espèces de djungles qui s'étendent des ruines au pavillon.

Je cherchai donc des hommes sûrs pour m'accompagner, mais le banian refusa nettement de prendre part à mon entreprise. Ce fut la veuve indoue qui se chargea de l'affaire, et le soir même elle me procura six hommes armés de poignards et de lacets.

J'attendais avec impatience l'instant du départ; chacun des hommes de mon escorte se rendit isolément auprès des murs en ruines, et attendit mon arrivée. Je fus exact; la nuit était assez noire, et de l'autre côté du mur nous rencontrâmes sept à huit serviteurs des princes.

J'avais bien besoin de cette escorte, car autour de nous les glapissements des chacals et les grognements sourds des hyènes retentissaient, animaux que la présence de l'homme en nombre éloigne toujours. Au pavillon Nadir, les trois princes m'attendaient, tous comme moi de la famille de Thimour. Les cérémonies orientales furent mises de côté, et aussitôt la conversation s'engagea. Ce à quoi je ne m'attendais pas, les princes étaient informés qu'une invasion russe était prête à descendre des sommets de l'Hymalaya. Cette nouvelle, contraire à toutes celles que j'avais reçues de mes affiliés, me surprit étrangement : je représentai aux princes qu'une invasion russe serait pour l'Inde un nouveau fléau, et je leur citai toutes celles qui avaient eu lieu, et qui n'avaient eu pour résultat que le meurtre, l'incendie et la dépopulation de la contrée.

— Voyez, leur dis-je, à quoi aurait pu aboutir l'expédition des Anglais dans le Kaboul; si l'Inde eût réuni toutes ses forces, les Anglais eussent été écrasés, et sa régénération eût été possible.

Mais que pouvons-nous faire avec des puissances territoriales divisées, avec des chefs sans énergie? Si nous ne réunissons pas le tout, nos efforts seront inutiles; mais si, en faisant comprendre à chaque rajah qu'il est plus honorable pour lui de vivre indépendant que d'être sous la sujétion de la Compagnie anglaise, nous pouvons leur faire comprendre qu'il est de leur intérêt d'entrer dans la réunion générale; l'empire anglais est perdu dans l'Inde.

Ils ne me comprirent pas; je me retirai presque désespéré, et je résolus d'agir avec mes propres forces.

Je partis pour Mironte; là, je trouvai des éléments de soulèvement tout prêts. Mes agents avaient répandu dans les campagnes des gâteaux symboliques; dans tous les campements anglais le lotus bleu avait été arboré sur les cases des cantonnements. La fermentation était générale; mais il fallait qu'elle s'étendît à toutes les parties de l'Inde. Bénarès même, la ville sainte entre toutes les villes, éprouvait les impatiences d'un soulèvement. Cela ne me suffisait pas; je voulais voir l'Inde entière disposée à une insurrection générale. Les rapports de mes affiliés étaient tous favorables; l'attente générale était que des événements considérables allaient s'accomplir. Tout se coordonnait; partout l'ensemble se préparait, et un soulèvement terrible allait éclater de tous les points de l'Inde. J'espérais, et mes espérances n'eussent pas été trompées, si une révolte intempestive des cipayes ne les avait rendues illusoires.

CHAPITRE IX. — VIII° NUIT.

Sourdes rumeurs. — Emotion de la population européenne. —
Entretien d'un cipaye avec son supérieur. — Les idées
religieuses s'emparent des régiments. — Officier anglais
tué. — Départ de Delhi. — Rencontre des éclaireurs de
Miroute. — Retour à Delhi. — Entretien avec les princes. —
Arrivée des troupes de Miroute. — La ville prise. — Massacre des Européens. — Soulèvements sans chefs. — Défection des Sikes. — Rapidité des mouvements anglais. —
Inutiles conseils. — Projet de retourner dans le Goudavana.

Malgré le soin que nous prenions d'agir en
silence et sans éclat, la population européenne
s'était émue. Les nations sont comme la mer : les
approches des tempêtes s'annoncent quelque temps
avant leur éclat. Il circulait parmi les populations
européennes des alarmes sourdes : les pessimistes
paraissaient en rire, et les gens plus clairvoyants
observaient ce qui se passait autour d'eux. Voici
un fait qui révèle que la mine souterraine était
chargée : dans les premiers jours de février, au
camp de Baracpoor, la conversation suivante eut
lieu entre un cipaye de haute caste et un lascar
employé au magasin des munitions.

Le lascar. — Camarade, prête-moi ton lotha

(vase à boire), afin que je puise de l'eau pour me désaltérer.

LE CIPAYE. — Te prêter mon lotha! ma foi, non! ton contact le souillerait, et je n'aurais jamais fini de le purifier.

LE LASCAR. — Ah! tu es bien fier de ta caste; mais le jour vient où les Féringhis (les Européens), nos sabs communs, vous feront manger à tous du lard et de la graisse de bœuf, et vous convertiront ainsi au christianisme. Regarde les nouvelles cartouches!

Le lascar disparut, mais le poison de ses paroles coulait dans toutes les veines de son auditeur épouvanté. Le cipaye court le communiquer à tous les officiers de son régiment. La fatale nouvelle circule de hutte en hutte, et bientôt de cantonnement en cantonnement. Elle fut la mèche incendiaire qui fit éclater la mine (avant le temps voulu), et sur laquelle ses machinateurs ne devaient presque compter que bien médiocrement.

Cependant des pétitions pressantes de la population européenne à l'armée arrivaient à Calcutta, et sollicitaient le nouveau gouverneur, lord Canning, de prendre les mesures les plus actives au nom du salut commun. D'un autre côté, la presse indigène, dans toutes les grandes villes, propageait le mot d'ordre des meneurs musulmans et indous. (Notre religion est en péril!) Voyez, disait-on aux disciples des Pouranas, ces Anglais veulent nous convertir, et déjà ils détruisent nos coutumes sacrées. Ils ont proscrit l'usage des suttys; ils poursuivent comme des crimes l'infanticide et les sacrifices humains; ils ont décrété que les veuves indoues pourraient se remarier; ils ont changé nos antiques lois de succession; ils veulent maintenant faire perdre à chacun de nous sa caste, en nous forçant de porter à nos lèvres la cha r de nos animaux sacrés. Voyez, disait-on aux sectateurs de Mahomet, ils ont détruit les trônes de tous les princes musulmans; ils veulent maintenant nous souiller tous par le contact de la chair des animaux immondes!

Indous et musulmans, devons-nous longtemps encore supporter ces outrages? Nous nous comptons par millions, pourquoi subirions-nous plus longtemps le joug d'une chétive poignée d'intrus et d'infidèles? Et puis de vieilles prophéties mahométanes, d'antiques traditions indoues ne fixent-elles pas également au temps actuel le terme final de la domination étrangère!

En face de ces appels incendiaires, colportés, commentés par d'infatigables émissaires, et qui ne pouvaient laisser froids des hommes ignorants ou mécontents, que faisaient cependant le gouverneur général et son conseil suprême? (*Inde contemporaine*.)

Reculant devant l'orage, ils ne répondirent à tous ces avis qu'en déclarant, dans un ordre du jour dédaigneux, que l'on cesserait de distribuer aux cipayes des cartouches graissées. Par une autre mesure aussi impolitique qu'inqualifiable, ils désarmèrent le dix-neuvième régiment de cipayes, en l'accusant de complot contre la sûreté de Calcutta. Un brave cipaye de caste brahmanique, nouvellement converti au christianisme, fut cassé de son grade et renvoyé dans ses foyers : le décret dit que sa présence sous les drapeaux était un scandale pour ses camarades. Le but que se proposait le gouverneur général, loin d'être atteint, prouva aux cipayes, de la part des Anglais, faiblesse et peur. Leur audace s'en accrut. Il fallut le meurtre d'un officier anglais, tué impunément par un conjuré, sur le front de son régiment, en pleine parade, à Baracpoor, pour faire comprendre au gouvernement l'imminence du danger. Le trente-quatrième régiment d'infanterie indigène, complice de cet attentat, fut réuni le 30 avril. Le gouverneur général, entouré d'un grand appareil d'artillerie, et d'une troupe européenne mandée du Pégu en toute hâte, se rendit au camp de Baracpoor, et là, en présence de tous les corps réunis, il fit désarmer le trente-quatrième, et, sans désemparer, en fit transporter au-delà du Gange tous les officiers et soldats, avec ordre de rentrer immédiatement dans leurs foyers.

Aucun n'avait garde de manquer à cette dernière prescription. Appartenant presque tous aux populations musulmanes de l'Aoude et du Nohilcund, ces hommes étaient des recrues toutes prêtes pour l'insurrection.

Ces explications étaient nécessaires pour relier le récit de Thimour le voyageur. C'est donc lui qui va continuer à parler.

Arrivé à Miroute en juin 1856, je fis distribuer des gâteaux mystiques et des fleurs de lotus : ce fut six mois plus tard, en janvier 1857, qu'on distribua à l'armée des cartouches graissées, nécessaires aux carabines Minié, récemment introduites dans les régiments.

En avril 1857, mes émissaires m'apprirent le licenciement du dix-neuvième régiment d'infanterie indigène. Peu après, les pions, 8 avril 1857, m'apportèrent la nouvelle de l'assassinat d'un officier du trente-quatrième de ligne. J'étais en observation, recueillant tous les rapports, et cherchant à coordonner l'insurrection générale, lorsque, en avril 1857, j'appris que le généra Lawrence, commandant supérieur de l'Aoude, avait ordonné le désarmement des troupes irrégulières de cette province : enfin, dans le courant de mai 1857, j'appris le désarmement et le licenciement du trente-quatrième, à Baracpoor.

Toutes ces nouvelles ne me satisfaisaient pas, je

voulais un soulèvement géu.ral et d'ensemble, et nous laissions aux Anglais la possibilité d'éteindre les soulèvements partiels; cependant, d'après les rapports qui m'étaient parvenus, j'avais cru devoir fixer la dernière quinzaine de mai pour le soulèvement général.

Mes ordres avaient été ou mal compris, ou mal exécutés; dès le 10 du mois de mai, la révolution éclata à Miroute, et mon signal *Rham* fut remplacé par un autre mot de ralliement : *la Religion et Delhi.* Ce mot de ralliement se propagea de proche en proche avec un caractère d'imprévu qui me déconcerta : je n'étais plus maitre de la situation; des bandes indisciplinées voyant la carrière aux désordres ouverte, des récompenses à gagner dans une guerre civile, des grades et des honneurs pour quelques-uns, du butin pour tous, se répandirent dans la ville.

D'autorité, il n'y en avait plus; une multitude de pillards se répand dans les cantonnements. Si quelque part un chef aimé essaie de sa popularité pour s'opposer au torrent et arrêter les coupables, ceux-ci, entraînés, résistent, embrassent les genoux de leurs camarades, ou bien invoquant chacun sa centurie, sa cohorte, ils s'écrient que tous sont menacés d'un pareil sort. En même temps, ils chargeaient leurs officiers d'imprécations, n'omettaient rien pour exciter l'indignation, la pitié, la crainte et la fureur. Tout le monde accourt en foule, les prisons sont forcées, les prisonniers dégagés de leurs fers; on s'associe les déserteurs et les criminels condamnés à mort; et bientôt les centurions et les tribuns, objets de la haine du soldat, et premières victimes de ses vengeances, sont jetés dans le fleuve ou devant les retranchements.

Je n'avais plus d'autorité; les Dacoïtes, mêlés aux Thugs, s'étaient jetés avec une fureur inexprimable dans ce mouvement révolutionnaire.

En vain je cherchai à rallier autour de moi une troupe de Thugs et de Dacoïtes; le pillage et l'égorgement les avaient exaltés, au point de ne plus reconnaître aucune autorité. Ils se joignirent aux cipayes licenciés; alors le meurtre des chefs militaires, l'assassinat des colons paisibles, de leurs femmes et de leurs enfants, les portèrent au comble de la fureur. Joignez à cela le fanatisme religieux, la frénésie bestiale de la soldatesque, dont les rangs étaient augmentés d'une dizaine de milliers de Dacoïtes et de Thugs, empressés d'exploiter au grand jour leur ténébreuse et sanguinaire industrie, et vous aurez une idée des drames sauvages, des scènes répulsives qui ont signalé l'insurrection des cipayes bengalais, partout où elle a momentanément triomphé.

Mon plan était dépassé: je voulais une insurrection générale, la destruction des Farenghis armés, mais non celle des femmes et des enfants inoffensifs; je voulais, réunissant toute cette population européenne inoffensive, la refouler vers Calcutta, la forcer à repasser la mer et à laisser l'Inde libre de ses destinées. Je n'avais pas calculé qu'un peuple longtemps opprimé se livre, aux premiers jours de sa victoire, à des excès que l'humanité déplore. Je ne recevais plus d'émissaires de la société des Thugs, tous étaient occupés à la vengeance, et tous s'en acquittaient avec une fureur de sauvages.

Je quittai Miroute livré à des entraînements que mon cœur d'homme désapprouvait, et à l'aide de quelques affiliés dévoués je pus rejoindre Delhi, voulant, autant qu'il serait en mon pouvoir, préserver le vieil empereur et les princes de ma famille de cet entraînement qui pouvait n'être que fatal. Il est impossible de rendre compte de la fermentation qui existait dans les esprits : l'Indou qui paraît si indolent, si ennemi de toute violence, était surexcité. Partout je n'entendais que des cris de vengeance contre les Farenghis, et au milieu de tout cela pas un sentiment d'humanité.

Quoique mon absence de Delhi n'eût pas été longue, j'appris, en arrivant chez le banian, qu'une conspiration sourde grondait dans les masses, et que des inspirations étrangères soufflaient des sentiments de révolte sans autre but que la destruction et le pillage.

Mon affilié le Thug employé au palais du résident gouverneur se rendit aussitôt chez le banian, et m'apprit qu'une consternation générale s'était répandue chez les familles européennes; la nouvelle du soulèvement de Miroute était tombée comme une bombe, et avait tellement réveillé les inquiétudes du résident, qu'il avait immédiatement convoqué le conseil des officiers, et qu'il avait été reconnu que les forces armées dont il disposait seraient insuffisantes s'il y avait un soulèvement dans la ville. Il me conseilla ensuite de ne pas paraître en public, en me disant que la protection que je pouvais obtenir des Thugs serait illusoire, puisque tous s'étaient rendus à Miroute.

Je convins ensuite avec lui des moyens à employer pour voir l'empereur ou les princes. Il me répondit que, pour l'empereur, la chose lui paraissait impossible, parce qu'il ne pouvait sortir même dans les jardins sans être accompagné, sous prétexte de garde d'honneur, des agents que le résident avait placés près de sa personne : quant aux princes, il croyait une entrevue possible dans le pavillon de Nadir, mais il me conseilla de prendre les précautions les plus minutieuses, parce qu'un redoublement de surveillance rendait les abords du palais difficiles.

Voici les précautions que je pris : quatre Thugs étaient attachés à ma personne, un fut envoyé en avant, afin d'explorer le terrain ; les trois autres, à peu de distance de moi, marchaient l'un à droite, l'autre à gauche, et le troisième à l'arrière. Ce fut ainsi que je pus arriver au pavillon de Nadir sans qu'aucun indice annonçât du danger.

Un seul des trois princes s'y trouvait : il me demanda rapidement des nouvelles du soulèvement de Miroute, et des espérances que j'avais dû en concevoir, puisque j'étais sur les lieux.

Je lui racontai brièvement ce que j'avais vu, ce que j'espérais, mais je ne lui cachai pas que si un grand nom capable de dominer le soulèvement ne venait pas le seconder, le désordre m'avait paru tel, l'ensemble si peu visible, qu'il me paraissait impossible d'obtenir de bons résultats.

Il me parla encore de l'espoir qu'il avait de voir arriver l'avant-garde des Russes. Quoique je n'eusse rien vu à Miroute qui pût confirmer cet espoir, et que je cherchasse à le dissuader de cette attente, en lui affirmant qu'il ne fallait compter que sur le concours de rajahs et des grands des contrées, je ne pus y parvenir. Renonçant à pousser l'entretien plus loin à ce sujet, je ne pus que lui dire :

— Prenez part ou non au soulèvement, votre liberté et peut-être votre tête sont en jeu : faites part de ces paroles à l'empereur, et prenez une résolution digne du fils de Thimour.

Nous nous séparâmes, et en réfléchissant à ce qu'il m'avait dit, je compris qu'il avait reçu des communications d'agents étrangers, et je repris la route du domicile du banian. Je suivais une des rues tortueuses et étroites qui aboutissent à la partie de la ville qu'habitent les étrangers : c'est dans cette partie qu'était située la maison du banian. Déjà j'étais loin des ruines, et j'allais passer dans une autre petite rue transversale, lorsque je me trouvai en présence de quatre cavaliers en faction. L'un d'eux poussa son cheval en travers la rue, et me barrait ainsi le chemin. Tout à coup, il tombe de son cheval : un Thug lui avait lancé le fatal lacet, un râlement sourd annonça sa mort. Les trois autres, surpris, se précipitèrent sur le meurtrier, et tombèrent aussi les uns après les autres sans pousser un seul cri. Sautant sur les chevaux démontés, les Thugs firent entendre le cri : « Rham! Rham! » Je sautai sur le quatrième cheval, et me laissant guider par les Thugs, nous gagnâmes au galop une des portes de la ville. Elle était gardée par un peloton d'hommes commandés par un officier anglais. Le fatal et silencieux lacet des Thugs enlaça celui-ci, et lui brisa la colonne vertébrale; puis lançant nos chevaux au galop, nous renversâmes les cipayes qui venaient de s'éveiller; nous fûmes bientôt dans la campagne.

J'avoue que ces deux expéditions rapides me firent comprendre combien de morts étaient opérées par le lacet des Thugs dans l'espace d'une année, et comment ces assassins pouvaient étrangler des victimes sans attirer l'attention même des pèlerins. Les cipayes de garde à la porte que nous venions de franchir donnèrent avec le clairon le signal d'alarme : ce fut pour nous aussi le signal de nous éloigner rapidement, car la garnison de De'hi était surtout composée de cavaliers.

Nous nous éloignions rapidement, en prenant la direction de Miroute. Ce n'était plus moi qui dirigeais, mais j'étais dirigé; pas un mot ne fut échangé, même avec les voyageurs qui couvraient la route. Seulement, après environ deux heures d'un trajet rapide, j'aperçus des deux côtés de la route, et sous les ombrages, des groupes nombreux de pèlerins, de voyageurs et de gens appartenant aux campagnes. Un de mes guides sauta à terre, et s'approchant d'un homme de haute taille, il échangea en silence quelques signes avec lui; revenant à moi, il me dit rapidement :

— N'allons pas plus loin, les révoltés de Miroute approchent : sachons quel rôle jouent parmi eux nos affiliés. Je descendis, et allai me placer sous un arbre, à quelque distance d'un des groupes. On y parlait avec animation, et d'après ces discours je conclus que dans la direction de Miroute, tous les Européens avaient été massacrés, et leurs maisons incendiées. Je me livrai à de bien tristes réflexions en songeant au carnage qui se ferait, si les insurgés entraient dans Delhi. J'espérai que les princes et le vieil empereur prendraient un parti énergique, et se mettraient à la tête d'une révolte qui me paraissait n'avoir jusqu'ici aucun chef.

Nombre de Thugs et de Dacoïtes se trouvaient parmi les groupes que je voyais autour de moi. Je chargeai celui de mes guides qui m'avait paru le plus intelligent de les réunir et de leur déclarer qui j'étais. Mon intention était d'en faire une troupe qui se grossirait sur notre passage, de retourner à Delhi avec les premiers cavaliers de Miroute, de m'emparer du palais et de tous les gens attachés au résident anglais, afin de soustraire la famille impériale aux premiers transports d'un envahissement qui offrirait tous les caractères d'une ville occupée par des bandits. Je n'attendis pas longtemps : des troupes désordonnées s'avançaient sans chefe reconnus; c'étaient les avant-coureurs de l'armée de Miroute. En peu de temps, le nombre de nos associés se trouva grossi considérablement. Je me hâtai de leur donner un certain ordre, de leur faire savoir que mon intention était de rentrer dans Delhi, et de mettre l'empereur et les princes à la tête de l'insurrection. Ma troupe se trouva composée de plus de quatre cents hommes; mais je vis aussitôt qu'ils songeaient plutôt au pillage qu'aux résultats que pouvait obtenir un soulèvement bien organisé.

Cependant je pris avec eux la route de Delhi; mais nous étions devancés par une bande de pillards qui ne respectaient rien sur leur passage.

Les Anglais ne s'attendaient point à cette attaque; ils avaient mis une garde imposante à la défense des portes : je me gardai bien de chercher à forcer celle qui se trouvait devant nous, laissant au gros de l'armée insurgée le soin de les forcer s'il y avait résistance. Connaissant parfaitement l'ancienne enceinte de Delhi, que le peu de troupes qu'avaient les Anglais ne pouvait pas avoir garnie, je dirigeai ma troupe vers un point qui ne devait pas être défendu. Ce fut par une brèche très-praticable que nous nous introduisîmes dans les anciens jardins : du haut du pavillon de Nadir, qui dominait le palais de la résidence anglaise, ainsi qu'une partie de la ville haute, je pus reconnaître le désordre qui existait dans ses murs. La population s'agitait, comme les abeilles dans une ruche à l'époque de la sortie d'un essaim; les troupes anglaises, composées de cipayes sur lesquels on devait peu compter, se réunissaient autour de la résidence. Des cris confus s'élevaient de la ville, et la population se portait en masse autour des quartiers occupés par les Anglais. Je profitai de ce désordre tumultueux pour me diriger vers la partie du palais occupée par l'empereur. Il ne se trouvait plus aucun garde de la résidence, et je trouvai ce pauvre vieillard dans un état fébrile. Les princes étaient autour de lui. Ma présence les rassura un peu, et lorsque je leur eus raconté les événements autant que je les connaissais, ils me demandèrent ce qu'ils avaient à faire.

— Attendez, leur dis-je, que le gros de l'armée qui part de Miroute soit arrivé, et montrez-vous dignes d'être appelés les enfants de Thimour : vous n'avez rien à craindre du côté des Anglais; regardez par cette fenêtre, les hommes qui entourent le palais impérial sont à mes ordres. De cette fenêtre la vue s'étendait sur le chemin de Miroute : il était couvert d'hommes armés, dont l'avant-garde était composée de cipayes, et qui s'avançaient en bon ordre.

— L'instant est décisif, leur dis-je, sachez vous prononcer, et mourir s'il le faut.

Une nuit fiévreuse se passa : le matin, à environ sept heures, une troupe de cavaliers partis de Miroute s'empara du pont de la Junna, tua le péager et pilla sa caisse. Après s'être assurés de ce

point, ils pénétrèrent dans le faubourg de Selin-
poor : là résidait un gentleman anglais, ils le
tuèrent et brûlèrent sa maison. Longeant ensuite
les murs de la ville, ils essayèrent d'entrer dans le
palais par les issues qui donnent sur la campagne;
me servant du nom de l'empereur, je leur fis dire
qu'ils eussent à se diriger sur la ville même.

Alors la ville fut envahie par la rajghat (porte
royale). Les éclaireurs des révoltés déclaraient
aux habitants qu'ils n'éprouveraient aucune injure,
mais qu'ils venaient pour tuer les saïbs européens,
dont pas un ne devait rester vivant. Le massacre
commença, et tous ceux qu'ils purent atteindre
furent tués. En vain les Anglais se réfugièrent
dans tous les lieux fortifiés, et surtout dans le
magasin militaire : voyant leur position déses-
pérée, ils y mirent le feu à trois heures après
midi. L'explosion tua un grand nombre des
assaillants.

Dans la nuit, deux corps d'artillerie arrivèrent
de Miroute à Delhi, et saluèrent le palais d'une
salve de vingt et un coups de canon. Les troupes
de la garnison de Delhi se réunirent à eux,
détruisant tous les établissements, toutes les villas
que possédaient les Européens hors des murs.

Je pus m'aboucher avec ceux qui paraissaient
les chefs de la révolte, et voyant que les vaga-
bonds et les repris de justice grossissaient leurs

rangs d'heure en heure, et portaient le fer et le feu dans tous les quartiers de la ville, je leur fis comprendre qu'il fallait donner un chef à ce mouvement déjà trop désordonné. Mon conseil fut suivi. Le lendemain (13 mai), vers trois heures de l'après-midi, la restauration de l'empire mogol fut proclamée, et le drapeau impérial flotta sur l'hôtel de la police. Alors je fus envoyé par l'empereur pour m'y installer, et, afin de détourner les massacres qui tombaient sur les indigènes mêmes, j'envoyai les mutins, les cavaliers, les fantassins et les condamnés sortis de prison, avec ordre de se répandre dans la ville et de massacrer tous les Européens qu'ils rencontreraient. Le massacre fut affreux, et j'éprouvai une répulsion instinctive à la vue et au récit de ces horreurs. Cependant, j'engageai les chefs de l'armée de Miroute et de Delhi à faire porter un appel paternel à tous les Indous et musulmans citoyens et serviteurs de l'Indoustan; mais les Mahrates du Deckan, qui, grâce aux travaux exécutés par les Anglais dans les bassins de leurs fleuves, avaient récolté beaucoup de coton, et s'occupaient à le transporter au marché, ne répondirent point à cet appel.

L'esprit industriel des Anglais les avait pénétrés; la patrie n'était plus rien pour eux, mais le lucre seul. Cependant des rives de l'Indus à celles de l'Hougly, les enfants de la fière Albion, ceux qu'elle avait chargés de maintenir immaculé le prestige de son nom sur le sol de l'Inde, éperdus, fugitifs, pourchassés par leurs soldats et leurs agents de la veille, égorgés avec leurs femmes et leurs enfants, furent comme du gibier dans une battue.

Les Sikes, ce terrible élément militaire qui à lui seul pouvait entraîner l'Orient dans sa vengeance, s'étaient laissés pénétrer par l'esprit commercial des Anglais. Ils cultivaient, arrosaient, récoltaient, puis engraissaient de beaux troupeaux dans d'immenses pâturages, qui leur rapportaient des sacs de roupies. Les vieux officiers de Runjettes et d'Alard, devenus gentlemens farmers, doublaient et triplaient du revenu de leurs djaghirs la pension de retraite que leur servait exactement la Compagnie. Dix-huit mille hommes, tous anciens soldats, se trouvaient au service de la Compagnie anglaise. Ces populations étaient donc contraires à l'insurrection.

En vain elle avait à sa disposition l'énorme matériel de guerre contenu dans les arsenaux de Delhi : treize cents pièces d'artillerie, des approvisionnements, des vivres, des moyens de transport pour une longue guerre et pour plus de cent mille hommes. Les trésors des banques de Delhi et de la Compagnie tombèrent entre nos mains. Mais toutes ces immenses ressources ne purent nous

servir : nos forces, recrutées parmi les chauffeurs
et les étrangleurs échappés des prisons, ne pouvaient pas constituer un ensemble de gens capables de vivre et de mourir en soldats. Cependant,
l'arrivée des garnisons du Nord Doab et du Nohilcund, qui vinrent nous joindre avec armes et
bagages, après le meurtre de leurs officiers, formaient, à la date du 1er juin, un total d'une tren-
taine de mille hommes, que la jonction des troupes
bengalaises cantonnées dans le Pundjaub pouvait
élever à un chiffre double. Mais l'activité et la
clairvoyance des officiers anglais qui adminis-
traient le Pundjaub, empêcha ce mouvement
d'avoir lieu. Dès le 12 au soir, ces officiers, instruits par le télégraphe électrique des soulèvements de Miroute et de Delhi, faisaient entourer
dès le lendemain tous les corps de l'armée benga-
laise par la gendarmerie sike, désarmaient les
cipayes et les consignaient, sous peine de mort,
dans l'intérieur de leurs cantonnements. Cette
terrible menace fut bientôt exécutée. Ces régiments captifs, livrés par leur oisiveté même à
toutes les tentations de l'esprit de révolte, se déban-
dèrent pour tâcher d'atteindre le centre de l'insurrection. Des milliers de ces déserteurs, traqués et
livrés pas les paysans sikes et par la police des
chefs indigènes des plaines du satlije, périrent à
la bouche des canons anglais. Ce ne fut qu'en-

viron quinze jours après la perte de Delhi, que nous apprîmes ces épouvantables exécutions, en voyant les Anglais planter hardiment leur drapeau sous les murs de la ville, renfermant cent soixante mille âmes, défendus par trente-cinq mille soldats, par treize cents bouches à feu et par un ennemi plus redoutable encore, le choléra.

Pendant ce temps-là, de concert avec les chefs des insurgés, et dominant la volonté de l'empereur, nous cherchions à mettre un peu d'ordre autour de nous et à hiérarchiser l'anarchie; d'autres soulèvements éclataient dans une quinzaine de régiments.

Le 22 mai à Allyghour.

Le 23 — à Ambala et à Férozepour.

Le 25 — à Murdan.

Le 29 — à Nassirabad, au centre de la fidèle population du Mairwar.

Le 30 — à Luknow, au sein de la population la plus hostile au joug anglais.

Le soulèvement fut général.

Malgré toutes ces ressources qui arrivaient de chaque côté à notre insurrection, la rapidité des mouvements des Anglais, la défection des Sikes et de la plupart des princes pensionnaires de l'Angleterre, me firent désespérer des résultats de l'insurrection, surtout quand j'appris qu'un homme que j'avais été à même de connaître, Nana-Saïb,

s'était déclaré pour nous, et tendait à s'emparer
de la direction du mouvement révolutionnaire.

Dans une réunion tenue par les chefs, je vis
mes conseils repoussés et mes appréhensions
traitées de pusillanimes.

Dès lors, et prévoyant les résultats qui me
paraissaient infaillibles, je cherchai à détacher
l'empereur et les princes d'un mouvement révolutionnaire auquel ils prêtaient seulement leur nom
sans en avoir la direction. Les chefs des cercles
des Thugs, chargés d'or et de dépouilles, refu-
saient de reconnaître mon autorité et ne songeaient
qu'au pillage et à la destruction. Ce fut alors que
je méditai de me retirer dans mon pays natal, et
d'y attendre la suite des événements, dont le
dénouement me paraissait fatal.

CONCLUSION.

Etat de la ville de Delhi. — Surveillance autour de l'empereur bien plus grande que celle des Anglais. — Le vieux Thimouride se laisse nommer empereur. — Impossibilité à l'auteur de rester plus longtemps à Delhi. — Il en sort avec une escorte. — Il trompe ses guides en leur disant qu'il va soulever de nouvelles populations. — Arrivée dans le Goudavana. — Accueil glacial de ses compatriotes. — Déclaration menaçante. — Le souvenir de son père chez ces peuples sauvages le préserve de la mort. — Sa retraite.

Il m'était difficile de quitter Delhi dans l'état où se trouvaient la population et l'armée insurrectionnelle. La famille impériale était plus strictement gardée que du temps des Anglais ; les révoltés voulaient des noms qui pussent imposer à la multitude et réveiller les anciens souvenirs de la grandeur de l'empire. Le vieux monarque se laissa nommer empereur, incapable qu'il était d'aucune détermination : les princes se livraient à des espérances exagérées, et attendaient toujours une invasion russe. D'un autre côté, les nouvelles qu'ils recevaient des défections des cipayes augmentaient leurs espérances et leur fermaient les yeux sur l'état présent des choses. Mes voyages m'avaient fait connaître l'état réel de l'Inde, le peu de ressources que l'on trouverait dans les populations, si un soulèvement général, suivi d'une défaite presque totale des Anglais, ne les ralliait à notre cause. Mais le soulèvement avait été inopportun, et mes plans se trouvaient ainsi déjoués. D'un autre côté, les cipayes révoltés avaient trop de chefs, et montraient trop peu de subordination à la discipline : une tête était nécessaire à tout ce mouvement révolutionnaire. En me servant du nom de l'empereur, j'avais espéré pouvoir diriger ce soulèvement, à l'aide des princes que j'aurais influencés. Mais la rapacité des Thugs et de leurs alliés, les trésors dont ils étaient gorgés, et leur indépendance personnelle et sauvage, m'ôtaient tout moyen de direction sur eux : mon rôle devenait nul, et comme je ne voulais plus me mêler à des brigandages que je n'avais pas prévus, je cherchai à sortir d'une scène qui me répugnait et où je ne pouvais jouer aucun rôle utile. Ce fut donc vers les moyens de sortir de Delhi que se tournèrent toutes mes tentatives.

La veuve que j'avais préservée du bûcher, ayant couru de grands dangers dans la maison du banian, parvint à découvrir ma retraite. Je lui fis part de mon désir de quitter Delhi : elle m'approuva ; mais l'entreprise était difficile.

Je la chargeai de me trouver un des Thugs sur la fidélité duquel j'avais compté jusqu'alors et de me l'envoyer. Je profitai du retard de son arrivée pour avoir un dernier entretien, non avec l'empereur, mais avec les princes qui s'étaient jetés avec enthousiasme dans l'insurrection. Je ne pus parvenir jusqu'à eux, les chefs des cipayes s'étaient emparés de leurs personnes, et mon titre de chef des Thugs eût été un motif de persécution. Bien qu'ils eussent accepté le concours des Thugs, les cipayes commençaient à les repousser, en voyant qu'ils ne songeaient point à la révolution qu'ils méditaient, mais seulement au meurtre et au pillage.

J'étais dans de grandes fluctuations d'idées, lorsque le Thug que j'avais demandé arriva. Après lui avoir exposé mon projet, il fit un signe de dénégation, et me demanda pourquoi je n'avais pas pris part au pillage de Delhi.

Il m'eût été difficile de répondre à cette question faite par un homme dont les principes étaient de détruire et de piller : j'eus recours à un subterfuge, et lui dis que le parti que je prenais m'avait été suggéré par la déesse Kali elle-même, et que je devais obéir.

Cet homme ne me fit plus d'objection et se mit entièrement à mes ordres. Il me promit une escorte respectable et des chameaux dont il s'était emparé.

La nuit était sombre; on n'entendait que les bruits sourds qui s'élevaient au-dessus de la ville, lorsque je me rendis au point des remparts indiqué par le Thug. Il s'y trouvait avec huit cavaliers et quatre chameaux. Sans me faire aucune réflexion, il m'indiqua un grand chameau parfaitement harnaché. Avec son aide je montai dessus, et nous nous mîmes en route. A peine étions-nous éloignés de Delhi d'un quart d'heure de marche, qu'une troupe nombreuse de révoltés nous entoura. Mon guide ne prononça que ces mots : « Lucknow et résistance. »

Nous passâmes sans opposition.

Partout sur notre passage je pus remarquer des mouvements extraordinaires : tous les villages étaient en émoi, et les routes, toujours couvertes de pèlerins et de voyageurs, nous offraient des gens qui nous demandaient avec anxiété des nouvelles de Delhi.

J'avais hâte de sortir de ce tourbillon, et lorsque je me trouvai sur la route de l'Aoude, je crus devoir congédier une partie de mon escorte. Mon conducteur me répondit : Nous allons à Lucknow, et nous vous y suivrons tous.

— Frère, lui dis-je, ma mission est plus importante que vous ne le pensez : Lucknow est en pleine insurrection : laissez-moi ici, j'ai à soulever des contrées qui sont encore mortes et qui n'attendent qu'une parole pour se joindre au mouvement général.

Ils me quittèrent, et je pris la route du Gondavana. Je pus arriver sans accident remarquable, et lorsque je me trouvai au milieu de mes véritables compatriotes, je leur fis part de ce que j'avais vu et de ce que j'attendais des événements.

Quel fut mon étonnement, lorsque je vis que mes explications étaient accueillies avec un silence glacial. Quelque temps après, un des plus anciens se plaça devant moi et me dit :

— Vous avez abandonné nos frères ; vous n'êtes plus dignes de nous commander : la mort serait prononcée contre vous ; mais, en considération de votre père et de son père, qui a mêlé son sang à notre sang, nous vous disons : « Retirez-vous, et allez dans quelque solitude oublier la lâcheté de votre abandon. »

Ces paroles m'auraient profondément attristé, si elles ne m'avaient pas délié d'une association pour laquelle j'éprouvais de l'horreur. Je me retirai sans répondre, et allai m'installer sur une colline boisée qui avait servi de résidence à mon grand-père. Là, me fortifiant autant que les lieux le permettaient, et m'entourant de quelques anciens serviteurs de ma famille, j'attendis les événements, bien résolu à ne plus figurer parmi les Thugs.

. . . .

Après trois mois de siége, les Anglais s'emparèrent de Delhi : deux princes furent fusillés par eux, et le vieil empereur envoyé dans une forteresse. Nana-Saïb, dont la conduite atroce avait révolté même les populations indoues, fut contraint de quitter son château-fort, et de fuir en vagabond. Partout la révolte fut comprimée, et la gendarmerie sike, dévouée aux Anglais, s'employa activement à poursuivre et à arrêter les cipayes qui fuyaient de tous côtés. Ce fut alors que se passa un drame révoltant, et qui laissa sur le nom anglais une tache ineffaçable : tous les cipayes capturés dans leur fuite furent amenés au milieu des troupes anglaises, attachés à la bouche des canons, et réduits en lambeaux. Certes, les révoltés avaient commis des cruautés épouvantables : mais ils combattaient pour la liberté de leur pays; mais ils étaient exaspérés par l'oppression anglaise et par leurs préjugés religieux, qu'ils croyaient violés.

Les Anglais n'avaient à défendre que leur oppression, et, nation civilisée, ils ne devaient pas se comporter en barbares avec la férocité qu'ils montrèrent.

Nous le croyons, ce drame épouvantable, qui n'est point sorti de la mémoire des Indous, donnera des auxiliaires vindicatifs aux Russes, quand ils feront, un peu plus tôt ou un peu plus tard, une invasion dans l'Inde anglaise.

FIN.

TABLE

—

CHAPITRE VII. — VIe NUIT.

CHAPITRE VIII. — VIIe NUIT.

CHAPITRE IX. — VIIIe NUIT.

CONCLUSION.

FIN DE LA TABLE.

Limoges. — Imp. E. ARDANT et Ce.

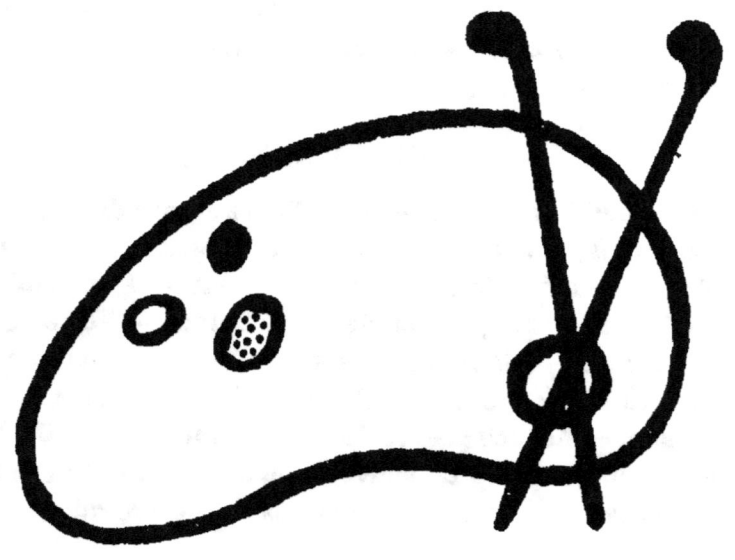

Original en couleur

NF Z 43-120-8